MW01700605

vdL:Verlag

WE ARE HERE TODAY

A Bilingual Collection of
Contemporary Aboriginal
Literature(s) from Canada

HEUTE SIND WIR HIER

Eine zweisprachige Sammlung
zeitgenössischer indigener
Literatur(en) aus Kanada

Layout und Satz:
Albertine von Barsewisch

Umschlaggestaltung:
Albertine von Barsewisch unter Verwendung
zweier Gemälde von Bob Boyer (Privatbesitz H. Lutz)
„Portrait des Künstlers als Caspar David Friedrich,
der vor den Kreidefelsen einen rothaarigen Winnetou spielt"
© Ann Boyer
„Durch die Augen der roten Brezel"
© Ann Boyer

Druck und Bindung:
Bercker Graphischer Betrieb GmbH & Co. KG, Kevelaer
Printed in Germany

ISBN 978-3-926308-12-2

"I SAY THESE TO YOU, MY FRIENDS"

Alootook Ipellie
(1951-2007)

Translators and editors of this book/
Übersetzung und Herausgabe dieses Buches:
Juliana Babing, Mareike Dittmer, Erik Fiedler, Hartmut Lutz, Katharina Marschallek, Christian Schmidt, Jennifer Teerling, Ivonne Thamm

Faculty of Arts
Prof. Dr. phil.
Hartmut Lutz
?
A. IPELLIE '05

PREFACE

Over the last two decades, the students and the staff of the Canadian Studies Program at the University of Greifswald have had the privilege of hosting an ever increasing number of writers, artists, and guest professors from Aboriginal Canada, among them Ahmoo Allen Angeconeb, Bob Boyer and Alootook Ipellie, whose artworks adorn this book. When Alootook Ipellie died suddenly in 2007 some of the students who had interacted with him organized a memorial exhibition of his art work to give tribute to the legacy of a great artist and to commemorate and celebrate his life's work. For the opening of the exhibit at a municipal gallery in Greifswald, they translated some of his poems and read them to a moved audience. Out of this experience came their wish to continue their work, and the TAL (Translating Aboriginal Literature) project was born. Fortunately, many of our friends on Turtle Island supported this initiative and donated some of their manuscripts for inclusion in this bilingual edition, dedicated to the memory of Alootook Ipellie.

But this book is also a tribute to the late Bob Boyer, who was a visiting professor at our university in the summer of 2003, when he taught Aboriginal Fine Arts and painting at the university's Caspar David Friedrich Institute. One of the three paintings he did in Greifswald that summer, "Self-Portrait of the Artists as a Red-Haired Winnetou" is shown on the cover of this book. It is a humorous reference to German Indian hobbyists dressing up as Indians, and to the unparalleled influence of the German writer Karl May, who lastingly influenced the formation of Indian stereotypes in Germany. But here it is, the Aboriginal painter who envisions himself as the emulated stereotype, and he visually links his "self-portrait" to the most famous German romanticist painter, Caspar David Friedrich, whose initials we see on the stepped storefront of a gabled gothic building transplanted to the white cliffs of nearby Ruegen Island. The white cliffs and gothic architecture are prominent topics in Caspar David Friedrich's paintings, and Bob Boyer, paying tribute to a great predecessor, enjoyed visiting these sites. Thank you, Bob!

Ahmoo Allen Angeconeb visited Greifswald several times. Together with Ray Thomas and Blake Debassige he had an exhibition of Anishnaabe Art here and gave inspiring talks and slide-presentations on Canadian Aboriginal Art to various groups of students. He also honored our institute with a pipe ceremony, and some of his artwork adorns the Canadian Studies office.

VORWORT

Im Laufe der Jahre hatten Studierende und Mitarbeiter/innen des Kanada-Studien-Programmes der Universität Greifswald wiederholt die Freude, Schriftstellerinnen, Wissenschaftler und Künstler aus dem indigenen Kanada als Gäste begrüßen zu dürfen. Darunter waren auch Ahmoo Allen Angeconeb, Bob Boyer und Alootook Ipellie, deren Werke diesen Band schmücken. Die Nachricht vom unerwarteten Tod Alootook Ipellies im September 2007 erschütterte die Studierenden, welche ihm begegnet waren, zutiefst, und sie organisierten spontan eine Gedenkausstellung seiner Werke. Anlässlich der Ausstellungseröffnung in einem städtischen Kulturzentrum übersetzten sie einige seiner Gedichte und trugen sie einem bewegten Publikum vor. Aus dieser Erfahrung entstand der Wunsch einiger Studierender, weitere Texte kanadischer Indianer/innen und Métis zu übersetzen und in einer zweisprachigen Buchausgabe zu veröffentlichen. Zu unserem Glück fand diese Idee ein gutes Echo bei unseren Freunden auf der Schildkröteninsel, und viele Autorinnen stifteten Texte für diesen Band, der dem Gedenken des Inuit Grafikers und Schriftstellers Alootook Ipellie gewidmet ist.

Dieses Buch ist aber ebenso eine späte Ehrung für den 2004 verstorbenen Métis Maler Bob Boyer, der uns noch im Sommer 2003 als Gastprofessor besucht hatte und Indianische Malerei am Caspar-David-Friedrich-Institut der Universität Greifswald gelehrt hatte. Zwei der drei Gemälde, die er damals in Greifswald schuf, zieren unser Buch. Sein „Selbstportrait des Künstlers als Caspar David Friedrich, der vor den Kreidefelsen einen rothaarigen Winnetou spielt" ist eine ironische Anspielung auf deutsche Indianertümelei. Gleichzeitig ehrt es aber auch den berühmtesten Maler der Deutschen Romantik, einen Sohn Greifswalds, dessen Initialen wir auf einem fahnengeschmückten gotischen Treppengiebel erkennen, der vor den weißen Kreideklippen Rügens erscheint, die Caspar David Friedrich verewigte, und die auch Bob Boyer gern besuchte. Megwetch, Bob!

Der Anishnaabe Grafiker Ahmoo Allen Angeconeb hat uns in Greifswald mehrfach besucht. Schon 1993 zeigte er in der Stadtbibliothek zusammen mit Ray Thomas und Blake Debassige die Ausstellung „Anishnabe Art: Ojibway Künstler aus Kanada", und er hielt in der Folge mehrfach Vorträge über

Ahmoo suffered a stroke last year, but despite this enormous setback, he was willing to produce and donate nine drawings of Anishnaabe totem spirits for this book, which are included, and we thank you from our hearts, Ahmoo, and we wish you a speedy and full recovery.

Alootook Ipellie, to whom the students are dedicating this book, was a great writer and graphic artist. He liked to poke fun at the inconsistencies and ironies of life, and when he saw the illegibly small print on my official Greifswald University business card, he was inspired to draw the cartoon you see in this book. Thank you, Alootook!

There are many individuals and institutions both in Canada and in Germany, who deserve our thanks, but they are far too numerous to mention individually by name. So let me end this by giving my truly heartfelt thanks to all the authors from Canada who appreciate and support our work here in Greifswald and generously donated their texts, and to Joy Harjo in the United States, who visited us twice, and who spontaneously sent us the two poems, which we gratefully included as the works of a very special guest.

Finally, I would like to thank my wonderfully committed students who spent almost two years on this project, and who did this as volunteers in their spare time, not for credit or profit, but for the sheer enjoyment of reading, discussing and diligently translating Aboriginal literature in each others' company. You confirm my conviction that, yes indeed, universities can be places where people work hard not just to compete and in order to graduate as fast as possible on their way to well paying jobs, but places where learning processes are facilitated that enhance our appreciation of each others' thoughts and that transcend geographical, linguistic and cultural borders. Thank you all!

Boemitz, Western Pomerania, in the fall of 2009

Hartmut Lutz

zeitgenössische indianische Grafik und Malerei. Er ehrte das Institut für Anglistik/Amerikanistik mit einer Pfeifenzeremonie, und einige seiner Werke schmücken unser Büro. Trotz eines im letzten Jahr erlittenen Schlaganfalls, der seine Feinmotorik beeinträchtigt, fand er Zeit und Kraft, uns neun kleine Zeichnungen von Anishnaabe Totem-Wesen anzufertigen, die wir in diesem Buch wiedergeben dürfen. Wir danken Dir von Herzen, Ahmoo, und wir wünschen Dir eine rasche und vollkommene Genesung!

Alootook Ipellie, dem die Studierenden dieses Buch widmen, war ein großartiger Schriftsteller und Zeichner, dessen Cartoons sich humorvoll an den Widersprüchen und Realsatiren des Alltags ergötzen. Als er die fast unlesbare Winzigkeit der Schrift auf meiner damals offiziellen Visitenkarte der Universität Greifswald sah, inspirierte ihn dies zur vorstehenden Zeichnung, die gleichzeitig ein Selbstportrait ist. Danke, Alootook!

Es gibt zahlreiche Einzelpersonen und Institutionen in Kanada und Deutschland, die das Entstehen dieses Bandes begünstigt oder direkt gefördert haben, aber es sind so viele, dass ich sie hier nicht alle namentlich erwähnen kann. Doch möchte ich zumindest den Autor(inn)en aus Kanada danken, die unsere Arbeit in Greifswald wertschätzen und großzügig ihre Manuskripte zur Veröffentlichung gespendet haben. Ganz herzlichen Dank! Besonderen Dank an Joy Harjo in den USA, die uns zweimal in Greifswald besuchte, und die uns spontan zwei Gedichte schickte, die wir dankbar als „Ehrengäste" in diesen Band aufgenommen haben.

Schließlich möchte ich meinen so wunderbar engagierten Studierenden danken, die zwei Jahre „nebenbei" und freiwillig an diesem Projekt gearbeitet haben, nicht für „Scheine" jedweder Art, sondern aus Begeisterung für die gemeinsame Lektüre, Gespräche über und Übersetzung von indianischer Literatur. Sie bestärken mich in der Überzeugung, dass Universitäten mehr als Karriereleitern sein können, an denen junge Menschen in Konkurrenz hart arbeiten, um so schnell wie möglich zu einem lukrativen Job zu gelangen, sondern vielmehr Stätten, die uns gemeinsame Lernprozesse ermöglichen, die unser Verständnis für die Gedanken der anderen vertiefen, und die helfen, geografische, sprachliche und kulturelle Distanzen zu überwinden. Herzlichen Dank!

Bömitz, Vorpommern, im Herbst 2009

Hartmut Lutz

"**That was a long time ago and we are here today**" – this is the title Rita Bouvier gave to one of her poems, and this is also how the contents of this collection can be outlined quite well. It contains traditional motifs as well as modern aspects of Indigenous cultures which are used very differently in the respective texts: EXPERIENCES OF NATURE, TOPSOIL MANUFACTURING BIZ, TRICKSTER, NOAH'S ARK, GLOBALIZATION, COLONIZATION and 911 are some of the eye-and-mind-catchers.

Thus the anthology is a current snapshot of the multifaceted world of ideas of Indigenous authors. Precisely this is reflected in the quote from Bouvier's poem, which we chose as our title. It does not only reflect the content, but also the 'journey' to get this book together back and forth across the Atlantic, so there are various understandings of that 'we'.

In the beginning, we, the translators, just participated in a seminar in spring 2008, but then we were captured by the idea of this book project, the TAL project (Translating Aboriginal Literature(s)), which goes back to the enthusiasm of translating Alootook Ipellie's poems for an exhibition. The journey of this book began in a weekly additional seminar, innumerable private meetings, a thorough reading of a small, well-kept, black address book, and was followed by many e-mails 'User Unknown' but even more e-mails with positive feedback and, as the desired attachments – the texts. After reading them with interest, and after the first drafts of translations, we found ourselves in exciting and controversial discussions about the many potential translating possibilities but also about the use of commas as well as the difficulties of the German language. Soon we learned that *Snippet* means *Schnipsel*, but translating it wasn't a snap, for "words are crucial." We became aware that we knew hardly anything about the North American 'flora' when we finally realized three weeks after the first draft that "blackberries" aren't always black berries. And how do you translate "TICADWYWA"?

These translating problems we had to face on our own. However, the authors supported us when we had problems understanding their texts. Jeannette Armstrong, who visited us during her stay in Greifswald, made it clear to us that English often functions as a meeting language. She explained the origin of the word *siwlkw* as a metaphor in her Okanagan mother tongue; an interpretation into English comes close to *water*. If you imagine the sound animals make when they drink, you might understand the origin of the word's pronunciation and its meaning. While lecturing in Greifswald, Warren Cariou came to one of our meetings to discuss our translation of his poem. As a re-

„**Das war vor langer Zeit und wir sind heute hier**" – so nennt Rita Bouvier eines ihrer Gedichte, und so lässt sich auch der Inhalt dieser Sammlung recht gut umreißen. Sie enthält sowohl traditionelle Motive als auch modernere Aspekte indigener Kulturen, die beide literarisch auf unterschiedliche Art und Weise verarbeitet werden: NATURERFAHRUNGEN, MUTTERBODENHERSTELLUNGSGESCHÄFT, TRICKSTER, ARCHE NOAH, GLOBALISIERUNG, KOLONISIERUNG und 911 sind nur einige prägnante Schlagworte.

Die Anthologie spiegelt daher eine Momentaufnahme der derzeitigen breit gefächerten Gedankenwelt indigener Autoren wider. Dies wird eben durch das Zitat aus Bouviers Gedicht in unserem Titel ausgedrückt. Aber wir haben uns nicht nur für diesen Titel entschieden, weil er den Inhalt des Buches sehr gut reflektiert, sondern weil er auch den virtuellen Weg über den Atlantik und zurück charakterisiert, der nötig war, um dieses Buch fertigzustellen; so ergeben sich verschiedene Lesarten für dieses „wir".

Während wir, die zukünftigen Übersetzer, ein Literatur-Seminar im Frühjahr 2008 besuchten, überzeugte uns die Idee für dieses Buchprojekt, das TAL-Projekt (Translating Aboriginal Literature(s)), das seinen Ursprung in der Begeisterung beim Übersetzen von Alootook Ipellies Gedichten für eine Ausstellung fand. Die Konsequenz: ein wöchentliches Zusatzseminar, unzählige private Treffen, das Studium eines kleinen, gut gepflegten, schwarzen Adressbuches, viele E-Mails ‚User Unknown', aber noch mehr E-Mails mit positiven Rückmeldungen und heiß ersehnten Anhängen, den Beiträgen. Nachdem wir diese mit Interesse gelesen und uns an die ersten Übersetzungen gemacht hatten, kam es zu spannenden und hitzigen Diskussionen hinsichtlich der vielen potentiellen Übersetzungsmöglichkeiten, aber genauso über Kommasetzung und weitere Tücken der deutschen Sprache. So lernten wir bald, dass *Snippet* zwar *Schnipsel* heißt, aber dennoch kein Klacks beim Übersetzen war, denn „Worte sind entscheidend". Unsere Unwissenheit über die nordamerikanische „Pflanzenwelt" wurde uns bewusst, als wir erst drei Wochen nach der Erstübersetzung bemerkten, dass „blackberries" nicht immer Brombeeren sein müssen. Und wie übersetzt man eigentlich „TICADWYWA"?

Bei derartigen Übersetzungsschwierigkeiten konnten uns die Autoren zwar nicht helfen, dafür aber bei Verständnisschwierigkeiten ihrer Texte. So verdeutlichte uns Jeannette Armstrong, die uns während ihres Aufenthaltes in Greifswald besuchte, dass Englisch oft als Mittlersprache fungiert. Sie erkläsult, he even changed some parts of his poem, which he had just completed here in Greifswald a few weeks earlier.

Although we could help ourselves quite well on the internet and in diverse dictionaries, and although we were supported by the authors, we are aware of the fact that every translation will always remain just an interpretation.

And now we would like to express our greatest gratitude to: Andrew Mills, Kerstin Knopf and Eva-Maria Reinwald for their patience and diligence at proofreading the manuscripts; Renate and Walter Larink for kindly opening their art collection for us; Ahmoo Angeconeb for his generosity to create drawings for our project; Alison Calder for the inspiring title suggestions; the English and American Studies department, the Faculty of Humanities and the Students' Parliament of the University of Greifswald, the Studentenwerk Greifswald as well as the Gesellschaft für Kanada-Studien for their financial support; and of course the authors for their literary donations, which have made this non-profit project possible after all.

Last but not least our very special thanks go to the 'helping hands' of Hartmut Lutz, whose own enthusiasm for the idea of this book captured us and who invested an enormous amount of time in the project. In a nutshell: he supported us with words and deeds. From now on we will always smile at:

What do you use in doubtful situations? Always awesome alliterations.

Greifswald, summer 2009

The TALers:
Christian Schmidt, Erik Fiedler, Ivonne Thamm, Jennifer Teerling
Juliana Babing, Katharina Marschallek, Mareike Dittmer

te uns die Herkunft des Wortes *siwlkw* als Metapher in ihrer Muttersprache Okanagan, das interpretiert soviel wie *Wasser* heißt. Denn siwlkw erinnert lautmalerisch an das Leck-Schluckgeräusch von Tieren beim Trinken. Auch Warren Cariou, der als Gastdozent in Greifswald weilte, nahm sich die Zeit, mit uns die Übersetzung seines Gedichtes zu diskutieren. Während dieser kritischen Auseinandersetzung änderte er sogar noch einige Stellen in seinem Gedicht, das erst einige Wochen zuvor hier entstanden war.

Trotz vielseitiger Unterstützung durch das Internet, durch diverse Wörterbücher und vor allem durch die Autoren, sind wir uns bewusst, dass jede Übersetzung immer eine Interpretation bleibt.

An dieser Stelle geht ein großer Dank an: Andrew Mills, Kerstin Knopf und Eva-Maria Reinwald für die Geduld und Beflissenheit beim Korrekturlesen des Manuskriptes; Renate und Walter Larink für die Bereitschaft, uns ihre Kunstsammlung zugänglich zu machen; Ahmoo Angeconeb für die Großzügigkeit, für unser Projekt Grafiken anzufertigen; Alison Calder für die Titelinspiration; dem Wissenschaftsbereich Anglistik/Amerikanistik, der Philosophischen Fakultät, dem Studentenwerk und dem Studierendenparlament der Universität Greifswald sowie der Gesellschaft für Kanada-Studien für die finanzielle Unterstützung; und natürlich den Autoren für die gespendeten Beiträge, die dieses nicht-kommerzielle Projekt überhaupt erst möglich gemacht haben.

Nicht zuletzt gilt ein riesiger Dank den „helfenden Händen" Hartmut Lutz', der uns nicht nur durch seine eigene Begeisterung auf die Idee für dieses Buch gebracht hat, sondern auch unzählige Stunden in dieses Projekt investiert hat – kurzum, uns stets mit Rat und Tat zur Seite stand. So wird uns immer in lachender Erinnerung bleiben:

Im Falle eines Falles ist eine Alliteration absolut alles.

Greifswald, im Sommer 2009

Die TALer:
Christian Schmidt, Erik Fiedler, Ivonne Thamm, Jennifer Teerling, Juliana Babing, Katharina Marschallek, Mareike Dittmer

JOY HARJO

Emergence

It's midsummer night. The light is skinny;
a thin skirt of desire skims the earth.
Dogs bark at the musk of other dogs
and the urge to go wild.
I am lingering at the edge
of a broken heart, striking relentlessly
against the flint of hard will.
It's coming apart.
And everyone knows it.
So do squash erupting in flowers
the color of the sun.
So does the momentum of grace
gathering allies
in the partying mob.
The heart knows everything.
I remember when there was no urge
to cut the land or each other into pieces,
when we knew how to think
in beautiful.

JOY HARJO

Erscheinen

Es ist Mittsommernacht. Das Licht ist mager;
ein dünner Rock aus Begehren streift die Erde.
Hunde verbellen den Moschusgeruch anderer Hunde
und den Trieb zu verwildern.
Ich verweile am Rande
eines gebrochenen Herzens, das unerbittlich
gegen den Feuerstein eisernen Willens schlägt.
Er zerbricht.
Und jeder kennt das.
Genauso kennen Kürbispflanzen, die in Blüten hervorbrechen,
die Farbe der Sonne.
Genauso wie die Kraft der Anmut
Verbündete sammelt
in der grölenden Horde.
Das Herz kennt alles.
Ich erinnere mich an eine Zeit, als es noch keinen Drang gab,
das Land oder sich gegenseitig zu zerstückeln,
als wir wussten, wie man
in schön denkt.

There is no world like the one surfacing.
I can smell it as I pace in my square room,
the neighbor's television
entering my house by waves of sound
Makes me think about buying
a new car, another kind of cigarette
when I don't need another car
and I don't smoke cigarettes.
A human mind is small when thinking
of small things.
It is large when embracing the maker
of walking, thinking and flying.
If I can locate the sense beyond desire,
I will not eat or drink
until I stagger into the earth
with grief.
I will locate the point of dawning
and awaken
with the longest day in the world.

Es gibt keine Welt, wie die auftauchende.
Ich kann sie riechen, wenn ich in meinem quadratischen Zimmer auf und ab gehe,
der Fernseher des Nachbars
dringt auf Schallwellen in mein Haus
Erinnert mich daran,
ein neues Auto zu kaufen, eine andere Zigarettenmarke,
obwohl ich kein neues Auto brauche
und keine Zigaretten rauche.
Der menschliche Geist ist klein, wenn
          er an kleine Dinge denkt.
Er ist groß, wenn er sich bekennt zum Schöpfer
des Laufens, Denkens und Fliegens.
Falls ich den Sinn hinter dem Begehren ausfindig machen kann,
werde ich nicht essen oder trinken,
bis ich voller Gram
in die Erde hinein taumele.
Ich werde den Moment der Morgendämmerung ausmachen
und aufwachen
mit dem längsten Tag der Welt.

Rabbit Story

In a world long before this one, there was enough for everyone
until somebody got out of line.
We heard it was Rabbit, fooling around with clay and the wind.
Everybody was tired of his tricks and no one would play with him;
he was lonely in this world.
So Rabbit thought to make a person.
And when he blew into the mouth of that crude figure to see what would happen
the clay man stood up.
Rabbit showed the clay man how to steal a chicken.
The clay man obeyed.
Then Rabbit showed him how to steal corn.
The clay man obeyed.
Then he showed him how to steal someone else's wife.
The clay man obeyed.
Rabbit felt important and powerful.
The clay man felt important and powerful.
And once that clay man started he could not stop.
Once he took that chicken he wanted all the chickens.
And once he took that corn he wanted all the corn.
And once he took that wife, he wanted all the wives.
He was insatiable.
Then he had a taste of gold and he wanted all the gold.
Then it was land and anything else he saw.
His wanting only made him want more.
Soon it was countries, and then it was trade.
Any thought, action or dream
Rubs up against everyone else.
The wanting infected the earth.
We lost track of the purpose and reason for life.
We began to forget our songs. We forgot our stories.
We could no longer see or hear our ancestors,
or talk with each other across the kitchen table.
Now Rabbit couldn't find a drink of fresh water.
The forests were being mowed down all over the world.
The earth was being destroyed to make more and Rabbit had no place to play.

Hases Geschichte

In einer Welt lange vor dieser gab es genug für jeden Einzelnen,
bis einer aus der Reihe tanzte.
Wir hörten, es war Hase, der mit Lehm und mit dem Wind herumspielte.
Jeder war seiner Streiche müde und niemand wollte mit ihm spielen;
er war einsam in dieser Welt.
So dachte Hase daran, einen Menschen zu erschaffen.
Und als er in den Mund der kruden Figur blies, um zu sehen, was passiere,
stand der Lehmmensch auf.
Hase zeigte dem Lehmmenschen, wie man ein Huhn stiehlt.
Der Lehmmensch folgte.
Dann zeigte Hase ihm, wie man Mais stiehlt.
Der Lehmmensch folgte.
Dann zeigte er ihm, wie man eines anderen Frau stiehlt.
Der Lehmmensch folgte.
Hase fühlte sich wichtig und mächtig.
Der Lehmmensch fühlte sich wichtig und mächtig.
Und sobald der Lehmmensch anfing, konnte er nicht aufhören.
Sobald er ein Huhn gestohlen hatte, wollte er alle Hühner.
Und sobald er Mais gestohlen hatte, wollte er den ganzen Mais.
Und sobald er eine Frau gestohlen hatte, wollte er alle Frauen.
Er war unersättlich.
Dann kam er auf den Geschmack von Gold und er wollte alles Gold.
Dann war es Land und alles, was er sonst noch sah.
Sein Wollen brachte ihn nur dazu, noch mehr zu wollen.
Bald waren es Staaten, und dann war es Handel.
Jeder Gedanke, jede Handlung oder jeder Traum
Reibt sich an jedem anderen.
Das Wollen infizierte die Erde.
Wir verloren das Ziel und den Sinn des Lebens aus den Augen.
Wir begannen unsere Lieder zu vergessen. Wir vergaßen unsere Geschichten.
Wir konnten unsere Vorfahren nicht mehr sehen oder hören,
oder uns miteinander am Küchentisch unterhalten.
Nun konnte Hase kein frisches Wasser zum Trinken finden.
Die Wälder wurden auf der ganzen Welt niedergemäht.
Die Erde wurde fortwährend zerstört, um mehr zu erschaffen, und Hase
hatte keinen Platz zum Spielen.

Rabbit's trick had backfired.
And now his clay man was too consumed to run with him.
Rabbit tried to call the clay man back,
but when the clay man wouldn't listen
Rabbit realized he'd made a clay man with no ears.

Hases Streich war nach hinten losgegangen.
Und nun war sein Lehmmensch zu vereinnahmt, um mit ihm zu laufen.
Hase versuchte, den Lehmmenschen zur Räson zu rufen,
aber als der Lehmmensch nicht hören wollte,
erkannte Hase, dass er einen Lehmmenschen ohne Ohren erschaffen hatte.

JEANNETTE ARMSTRONG

earth love

I said that I would
give my flesh back
but instead my flesh
will offer me up
and feed the earth
and she will
love me

JEANNETTE ARMSTRONG

erdliebe

ich sagte dass ich
mein fleisch zurückgeben würde
aber stattdessen wird mein fleisch
mich anbieten
und die erde nähren
und sie wird
mich lieben

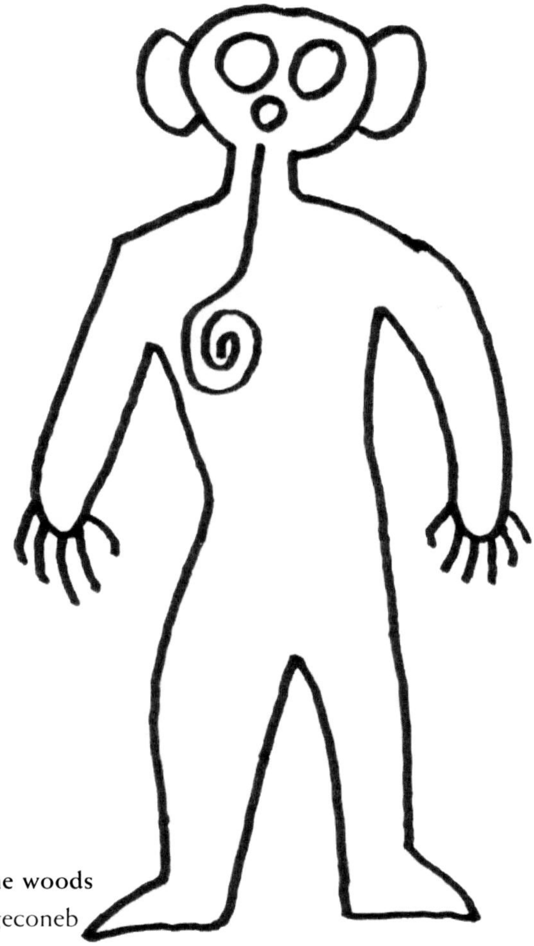

wild man of the woods
© Ahmoo Angeconeb

Water is Siwlkw

siwlkw
she murmured
is an emergence
the subsequence of all else
a completeness of the design
transformed to be lapped continuously onto long pink tongues
in that same breathing to be the sweet drink coursing to become the body
a welling spring eternally renewing
a sacred song of the mother
vibrating outward from the first minute drop formed of sky, earth and light
bursting out of the deep quietness

siwlkw is a song she breathed
awakening cells
toward this knowing that you are the Great River
as is the abundant land it brings
to make its basins, its fertile plains, its banks, and its great deltas and estuaries
even to where it finally joins once again
the grandmother ocean's vast and liquid peace
as are the headwater glaciers of the jagged mountains
waiting for the yearly procession of thunder beings
bearing the dark cloud's sweep upward
as spirits
released from green depths cradling whale song
dance on wind
as are the cold ice springs feeding rushing brooks and slow willow draped creeks
meandering through teeming wetlands to sparkling blue lakes
as are the silent underground reservoirs coursing gradually
up toward roots reaching down to draw dew upward through unfurlings into
 the sun's full light,
as much as the salmon and sleek sturgeon sliding through strong currents
even the tall straight reeds cleaning stagnant pools
equally are the marsh bogs' swarming multitudinous glistening flagella and wings
 in high country
holding priceless moisture to slowly let it descend through loam and luxuriant
 life

Wasser ist Siwlkw

siwlkw
murmelte sie
ist ein Auftauchen
die unmittelbare Folge von allem anderen
eine Vollständigkeit des Konzepts
umgestaltet, um unaufhörlich auf lange rosa Zungen geschlabbert
zu werden
um im selben Atemzug das süße Getränk zu sein, das strömt, um Körper
        zu werden
eine fließende Quelle sich ewig erneuernd
ein heiliges Lied der Mutter
nach außen pulsierend vom ersten winzigen Tropfen geformt aus Himmel,
        Erde und Licht
aus der tiefen Stille berstend

siwlkw ist ein Lied, das sie atmete
Zellen erweckend
hin zum Wissen, dass du der Große Fluss bist
so wie das unerschöpfliche Land, das er bringt
um seine Becken, seine fruchtbaren Ebenen, seine Ufer und seine großen
        Deltas und Mündungen zu schaffen
sogar dahin, wo es sich schließlich noch einmal vereinigt mit
des Großmutter-Ozeans weitem und flüssigem Frieden
so wie die Quellgebietsgletscher der zerklüfteten Berge
auf den jährlichen Zug der Donnerwesen warten
der dunklen Wolke weiten Schwung empor tragend
als Geister
losgelassen vom wiegenden Walgesang grüner Tiefen
auf Wind tanzen
so wie die kalten Eisquellen die jagenden Bäche und die langsamen
        weidenverhangenen Bächlein füttern
die sich durch lebendige Auen hin zu funkelnden blauen Seen schlängeln
so wie die stillen unterirdischen Speicher sacht strömen
nach oben zu den Wurzeln, die hinunter reichen um Tau durch
        Entfächerungen nach oben ins volle Licht der Sonne zu holen,
so sehr wie der Lachs und der geschmeidige Stör durch starke Strömungen
        gleiten

to drink in siwlkw
she said, is to remember this song is the way
it is the storm's way driving new wet earth down slippery slopes
to make fresh land
the river's way heaving its full silt weight crushing solid rock
the tide's way smoothing old plates of stone finally and deciding for all
the way of ice, piled, bluegreen, layer upon layer, over eons
sustaining this fragment of now so somewhere on her voluptuous body
the rain continues to fall in the right places
the mists unceasingly float upward to where they must
and the fog always ghosts across the land in the cool desert wind where
no rain falls and each drop is more precious than blood
balancing time in the way of the silvery hoar frost covering tundra
where iridescent ice tinkles under the bellies of caribou
her song is the sky's way holding the gossamer filaments of rainbow
together
guarding the silent drift of perfect white flakes where the moose stop
momentarily to look upward
it is her song in the forest
insuring a leaf shaped just so
captures each glistening droplet
this song to celebrate the vast miles of liquid pumping through the veins
of the lion parting undulating savanna grasses
lifting great Condor wings soaring last circles in the mountains of Chile
accumulating in the places it chooses to pool in subterranean caverns
moving through porous stone
seeping and wetting sand deep inside of her
caressing smooth pebbles at her heart

This song is the way

so reinigen gar die hohen geraden Schilfrohre reglose Tümpel
so schwärmen die Marschen und Moore auf der Hochebene von unzähligen
glitzernden Geißeltierchen und Flügeln
bewahren unbezahlbare Feuchtigkeit, um sie langsam sinken zu lassen durch
schweren Mutterboden und üppiges Leben
siwlkw in sich aufzusaugen
sagt sie, heißt, sich zu erinnern, dass dieses Lied der Weg ist
es ist die Art des Sturms, neue nasse Erde die glitschigen Abhänge hinunter
zu treiben
um neues Land zu schaffen,
die Art des Flusses, seine volle Schlammlast zu hieven, um festen Fels zu zermalmen
die Art der Gezeiten, alte Steinplatten schließlich zu glätten ein für alle Mal
die Art des Eises, gepackt, blaugrün, Schicht auf Schicht, für Äonen
dieses Bruchstück des Jetzt erhaltend, so dass irgendwo auf ihrem üppigen Körper
der Regen weiter auf die richtigen Stellen fällt
der Dunst schwebt unaufhörlich dahin, wohin er muss
und die Nebel geistern unablässig im kalten Wüstenwind über das Land, wo
kein Regen
fällt und jeder Tropfen kostbarer ist als Blut
die Zeit ausgleichend wie der silberne Raureif, der die Tundra überzieht
wo schimmerndes Eis unter den Bäuchen der Karibus klirrt
ihr Lied ist die Art, wie der Himmel die spinnwebenen Fäden des Regenbogens
zusammenhält
behütet das stille Treiben der vollkommenen weißen Flocken, wo die Elche
für einen Moment innehalten, um nach oben zu schauen
es ist ihr Lied im Wald
das sicherstellt, dass ein Blatt, gerade so geformt,
jedes gleißende Tröpfchen auffängt
dieses Lied, um die endlosen Meilen von Flüssigkeit zu feiern, die durch die
Venen des Löwen pulsiert
der wogendes Savannengras teilt
große Kondorflügel emporhebend, die letzte Kreise über den Bergen
Chiles ziehen
sich an Stellen sammelnd, die es auswählt, um sich in unterirdischen
Höhlen zu vereinigen, sich durch poröses Gestein bewegend
versickernd und Sand befeuchtend tief in ihrem Inneren
die glatten Kiesel an ihrem Herzen liebkosend

Dieses Lied ist der Weg

RITA BOUVIER

sailing the deep

I will take with me
miyomaskihkî – sacred medicine

nimoshôm'pan – my late grandfather
a way of being with you in silence

nimâmâ – my mother
a presence at the end of the line

ninâpîm – my one man
a good love like no other

noķosis – my son
a tale of spiders in rubber suction boots

nisîmis – my younger sibling
a belief there is always room for one more

niwîcîwâķanak – the ones with whom I make a path
a reading of the great mystery

nohkom'pan – my late grandmother
a prayer when there is nowhere else to turn

RITA BOUVIER

die Tiefe besegeln

Ich werde mir mitnehmen
miyomaskihkî – heilige Medizin

nimoshôm'pan – meinen verstorbenen Großvater
eine Möglichkeit in Stille bei dir zu sein

nimâmâ – meine Mutter
eine Präsenz am Ende des Weges

ninâpîm – meinen einzigen Mann
eine gute Liebe wie keine andere

nokosis – meinen Sohn
eine Geschichte über Spinnen in Gummistiefeln

nisîmis – mein jüngeres Geschwisterkind
der Glaube, dass immer noch Platz für noch eins ist

niwîcîwâkanak – diejenigen, mit denen ich einen Weg ebne
eine Lesart des großen Geheimnisses

nohkom'pan – meine verstorbene Großmutter
ein Gebet, wenn es keine andere Zuflucht gibt

that was a long time ago and we are here today

that was a long time ago
and we are here today

listen, listen
the heart of the land beats

blood was spilled
and it stained the earth
leaving a mark

history as it is written
attempts to speak one truth
as if facts spoke for themselves

listen, listen
the heart of the land beats

our children curious
as all children are
will ask the right questions

why does a nation take up arms
in a battle knowing it will lose?
knowing it will lose

listen, listen
the heart of the land beats

when the long night turns to day
remember, hope is the morning
a songbird's prayer

das war vor langer Zeit und wir sind heute hier

das war vor langer Zeit
und wir sind heute hier

hört zu, hört zu
das Herz des Landes schlägt

Blut wurde vergossen
und es befleckte die Erde
hinterließ eine Spur

Geschichte, wie sie geschrieben wird
versucht, eine einzige Wahrheit auszusprechen
als würden Fakten für sich selbst sprechen

hört zu, hört zu
das Herz des Landes schlägt

unsere Kinder, neugierig
wie alle Kinder
werden die richtigen Fragen stellen

warum greift eine Nation zu den Waffen
wenn sie weiß, dass sie die Schlacht verlieren wird?
weiß, dass sie verlieren wird

hört zu, hört zu
das Herz des Landes schlägt

wenn die lange Nacht zum Tag wird
erinnert euch, Hoffnung ist der Morgen
eines Singvogels Gebet

the portrait

the portrait she holds for others to see
is a likeness of mama and papa
"Dick, Jane – that's me, and Sally
our pets, Puff and Spot, to be sure."
but she is unrecognizable
in this perfect life
idyllic summers on Waskesieu Lake
winters away, somewhere in the Bahamas
but she tells this story anyway
it's the right one, to be sure.

underneath this
cracked and peeling
as if someone had folded it
in half and then again
for safe-keeping, perhaps
is a glimpse of a young girl
her teeth whitened
from the hardened resin
of the spruce tree
smiling at an old man
a pipe in hand, standing
in a bed of wild roses
bluebells and fireweed.

das foto

das foto, das sie hält, damit andere es sehen,
ist ein bild von mama und papa
„Dick, Jane – das bin ich, und Sally
unsere haustiere, Puff und Spot, sicher."
aber sie kann man nicht erkennen
in diesem perfekten leben
idyllische sommer am Waskesieu-See
im winter verreist, irgendwo auf den Bahamas
aber sie erzählt diese geschichte trotzdem
es ist die richtige, da ist sie sicher.

darunter
rissig und abblätternd
als ob jemand es in der mitte
gefaltet hätte und dann noch einmal
vielleicht um es zu verwahren
ist ein flüchtiger eindruck von einem kleinen mädchen
ihre zähne ganz weiß
vom gehärteten harz
der fichte
sie lächelt einen alten mann an
der mit einer pfeife in der hand
in einem bett voll wilder rosen
glockenblumen und feuerkraut steht.

behind them trails wind
into the tall brush in all directions
opening one door to the other Eden.
all finding their way
to the lake that surrounds them.

and there, outside the frame
she is to him as he is to her
an oarsman to a fisherman
            apprentice to a soap-maker
            assistant to a canoe-builder
a magician at shaping forms
to stretch each pelt of fur
he has caught and sent her way.

but here in the foreground
too close for the camera's eye
a poet sits alone
far, far away from home
in dark, Gucci, sunglasses
a pure touch of silk on cotton
she has become accustomed to

weeping in Starbucks
on Denman Street.

hinter ihnen winden sich pfade
hinein in das hohe dickicht in alle richtungen
und öffnen eine tür zum anderen Eden.
sie alle finden ihren weg
hin zu dem see, der sie umgibt.

und dort, außerhalb des rahmens
ist sie für ihn wie er für sie
ein ruderer für einen fischer
        lehrling für einen seifenmacher
        handlanger für einen kanubauer
eine zauberin beim gestalten von formen
um jedes fell zu spannen
das er gefangen und zu ihr gesandt hat

aber hier im vordergrund
zu nah für das auge der kamera
sitzt eine dichterin allein
weit, weit weg von zu hause
mit dunkler Gucci sonnenbrille
eine reine berührung von seide auf baumwolle
an die sie sich gewöhnt hat

weinend im Starbucks
in der Denman-Straße.

when the silence breaks

I am a reluctant speaker
violence not just a physical thing.

words are one thing
I can hold them in my hand
later embroider them
like you do fine silk
on white deer hide
if I want.
but dead silence
that's another matter
there is nothing to hold on to
like the falling
before you awaken.

I imagine it this way, simply
kitahtawî êḳwa one of these days now
when the silence breaks
the deer will stop in their tracks
pausing eyes wide
the wolverine will roll over and over
on the hillside, and
you will hear my voice
as if for the first time
distant and then melodic
and you will recognize it
as your very own.

kitahtawî êḳwa

wenn das schweigen bricht

ich bin eine vorsichtige rednerin
gewalt nicht nur etwas physisches.

worte sind das eine
ich kann sie in meiner hand halten
und später ausschmücken
wie feine seide
auf weißer hirschhaut
wenn ich will.
aber totenstille
ist etwas anderes
es gibt nichts woran man sich festhalten kann
wie das fallen
vor dem aufwachen.

ich stelle mir das so vor, einfach
kitahtawî êḳwa einen dieser tage
wenn das schweigen bricht
werden die hirsche in ihren spuren verharren
innehaltend mit großen augen
der vielfraß wird sich wieder und wieder
auf dem hang überschlagen, und
ihr werdet meine stimme hören
wie zum ersten mal
von fern und dann melodisch
und ihr werdet sie erkennen
als eure eigene.

kitahtawî êḳwa

WARREN CARIOU

A Poetics of Alarm

1. Remain calm.
2. Those sounds you hear are not coming from my mouth. They are the voices of invisible foes whispering your annihilation.
3. A single sheet of paper, in the hands of a trained professional, can be lethal.
4. Tape up your windows.
5. The sirens in Europe are tuned to the exact same frequency as a schoolyard taunt: *nyah-nyah, nyah-nyah, nyah-nyah.*
6. Repeat after me. Quietly.
7. Anyone else could be a bomb.
8. Backpacks, running shoes, liquids and gels, chapatti flour, fertilizer.
9. The parts of the victims become so mixed up that even with DNA it is sometimes impossible to piece them back together.
10. Unfortunately the bombers are mixed in too. We have dedicated our finest minds to the problem of separation.
11. Silence is camouflage.
12. Any suspicious activity should be reported immediately to the authorities.
13. Tall buildings, nightclubs, subway stations, train cars, buses.
14. The safest way to experience beauty is to download it in the comfort of your own home.
15. Sometimes a person is not.
16. Any white powdery substance is a potential biological agent.
17. Ghost ships, black sites, blaze jumpsuits.
18. It is better to block out the sun than to be hit by flying glass.
19. The coming pandemic will kill one-third of the population. Self-quarantine is the answer.
20. The sirens in North America play the most comforting song: *weeeee-yooooouuu-weeeeee-yoooooouuu-weeeeeee-yoooooouuu.*
21. In some countries, dialing 911 will do you no good at all.
22. Water. Cells. Electrical cables. Truth is beauty, however you mine it.
23. Those windows. Don't forget to tape them.
24. The perfect poetry is so still, so subtle, you don't even know it's there.

WARREN CARIOU

Eine Poetik des Alarmierens

1. Bewahren Sie Ruhe.
2. Die Laute, die Sie hören, kommen nicht aus meinem Mund. Es sind die Stimmen unsichtbarer Feinde, die Ihre Vernichtung flüstern.
3. Ein einziges Blatt Papier, in den Händen eines ausgebildeten Experten, kann tödlich sein.
4. Sichern Sie Ihre Fenster mit Klebeband.
5. Die Sirenen in Europa sind auf die gleiche Frequenz gestimmt wie Schulhof-Sticheleien: *nyah-nyah, nyah-nyah, nyah-nyah.*
6. Sprechen Sie mir nach. Leise.
7. Jeder andere könnte eine Bombe sein.
8. Rucksäcke, Jogging-Schuhe, Flüssigkeiten und Gels, Chapatti-Mehl, Kunstdünger.
9. Die Teile der Opfer geraten so durcheinander, dass es selbst mit DNA manchmal nicht möglich ist, sie wieder zusammenzustückeln.
10. Bedauerlicherweise sind die Täter auch daruntergemischt. Wir haben unsere besten Köpfe dem Problem des Trennens gewidmet.
11. Schweigen ist Tarnung.
12. Jede verdächtige Aktivität sollte sofort der Polizei gemeldet werden.
13. Hohe Gebäude, Nachtclubs, U-Bahnhöfe, Wagons, Busse.
14. Der sicherste Weg, Schönheit zu erleben, ist, sie sich in der Bequemlichkeit Ihres eigenen Heims herunterzuladen.
15. Manchmal ist eine Person nicht.
16. Jegliche weiße pulvrige Substanz ist eine potentielle biologische Waffe.
17. Geisterschiffe, geheime Gefangenenlager, alarmrote Overalls.
18. Es ist besser, die Sonne auszusperren, als von splitterndem Glas getroffen zu werden.
19. Die kommende Pandemie wird ein Drittel der Bevölkerung töten. Selbst-Quarantäne ist die Antwort.
20. Die Sirenen in Nordamerika spielen das tröstlichste Lied: *weeeee-yoooouuu-weeeeeee-yoooooouuu-weeeeeee-yoooooouuu.*
21. In manchen Ländern wird es Ihnen nichts nützen, 911 zu wählen.
22. Wasser. Zellen. Stromkabel. Wahrheit ist Schönheit, wie auch immer Sie sie aufdecken.
23. Die Fenster. Vergessen Sie nicht, sie zu sichern.
24. Vollkommene Lyrik ist so still, so feinsinnig, dass Sie nicht einmal wissen, dass sie da ist.

DEBORAH L. DELARONDE-FALK

Metis Spirits

The eerie and haunting melody filtered by the breeze flowed faintly through the air. It touched softly upon the ears and the hearts of the two weary travelers.

Joey frowned, turning his ear to the sound, seeking its location.

"I thought you said nobody has lived in this area for years?" Joey asked, turning to his companion.

"You can hear that music?" Angus asked, amazed.

Joey said hopefully, "Maybe campers or hunters!"

"Quick, let's find it before it stops!" he said as they scrambled through thick grass and underbrush.

They stopped for a brief moment to listen to the music, until they came upon a clearing.

Shocked yet relieved, the boys stopped and stood staring at a young man playing a fiddle and stepping in time to his fiddle tune.

As they walked slowly toward the fiddler, they cautiously looked around for the young man's traveling companions.

Joey cleared his throat.

It was as though an electric shock had gone through the fiddle player. The silence was deafening until the young man blinked his eyes in disbelief and said, "Are you real? You're not spirits, are you?"

Joey and Angus sighed, and shrugged their shoulders with relief.

"We were thinking the same thing about you," Angus said.

"Strange things have been seen in this forest," the fiddler explained.

"Are you alone or are you traveling with anyone?" Joey asked.

"My village is not far from here," the fiddler replied, pointing north.

"My name is Patrick," he said, smiling and holding his hand out in greeting.

"What would two fine fellows such as yourselves be doing in this area of the woods?" he asked, shaking hands with the boys.

"I'm Joey, and this is my friend, Angus," Joey replied. "We were traveling with a group of friends following a bush trail when we got separated. We've been wandering for a few days, feeding on wild berries when we can find them."

"Would your family mind terribly if we mooched a meal and phoned to let our families know we're okay?" Joey asked.

DEBORAH L. DELARONDE-FALK

Geister der Métis

Die unheimliche und eindringliche Melodie schwebte leise von der Brise getragen durch die Luft. Sie streifte sacht die Ohren und Herzen der zwei müden Wanderer.
Joey runzelte die Stirn, wandte sein Ohr dem Klang entgegen und versuchte, dessen Herkunft zu ergründen.
„Ich dachte, du hättest gesagt, dass hier seit Jahren niemand mehr lebt?", fragte Joey und wandte sich seinem Begleiter zu.
„Du kannst die Musik also hören?", fragte Angus erstaunt.
Joey sagte hoffnungsvoll: „Vielleicht sind es Camper oder Jäger!"
„Schnell, lass sie uns finden, bevor sie aufhört!", sagte er, während sie sich durch dichtes Gras und Unterholz kämpften.
Sie verharrten für einen kurzen Moment, um der Musik zu lauschen und stießen dann auf eine Lichtung.
Erschrocken aber auch erleichtert hielten die Jungs inne, standen dort und beobachteten einen jungen Mann, der eine Fiedel spielte und zur Melodie seiner Fiedel tanzte.
Während sie langsam auf den Fiedler zugingen, hielten sie vorsichtig Ausschau nach den Reisegefährten des jungen Mannes.
Joey räusperte sich.
Es war, als wäre ein elektrischer Schlag durch den Fiedler gefahren. Die Stille war ohrenbetäubend, bis der junge Mann ungläubig blinzelte und sagte: „Seid ihr wirklich da? Ihr seid keine Geister, oder?"
Joey und Angus seufzten und zuckten erleichtert mit den Schultern.
„Wir dachten dasselbe von dir", sagte Angus.
„In diesem Wald wurden schon merkwürdige Dinge gesehen", erklärte der Fiedler.
„Bist du allein oder wanderst du mit jemandem zusammen?", fragte Joey.
„Mein Dorf ist nicht weit von hier", antwortete der Fiedler und deutete nach Norden.
„Ich heiße Patrick", sagte er lächelnd und streckte zur Begrüßung seine Hand aus. „Was treibt zwei so anständige Kerle wie euch in diesen Teil des Waldes?", fragte er, als er den Jungs die Hände schüttelte.
„Ich bin Joey und das ist mein Freund Angus", erwiderte Joey. „Wir waren mit ein paar Freunden unterwegs und sind einem Buschpfad gefolgt und da haben wir sie verloren. Wir irren seit ein paar Tagen herum und essen wilde Beeren, wenn wir welche finden können."

"Not at all," Patrick said. "We don't get visitors very often."

As they walked to the village, Joey asked, "I hope you don't mind my asking, but why were you playing your fiddle in the field?"

"Oh, haaahh!" Patrick laughed. "We are a village of fiddle makers. Every time a fiddle is made, we go to the clearing to tune and test it.

"There's something about the forest that brings out the purest sounds of a freshly crafted fiddle," he explained seriously.

Joey and Angus had been so intent on listening to Patrick's explanation that they hadn't realized that they had already passed several houses.

"Here's my home," Patrick said.

"It's not the best cabin in town, but good enough when you're roughing it in the bush," he said as they stepped inside.

Only then did Joey and Angus stop to look around and see that all the houses were log cabins.

"This is either a historic site or a cult of some kind," Joey whispered as they followed Patrick into the cabin. "Act normal. Pretend you don't notice."

The smell of freshly cut wood mixed with the aroma of a stew and baked bannock stirred their temporarily forgotten hunger. Soon Joey and Angus were wolfing down mouthfuls of sopping bannock dunked in moose stew.

Patrick watched with an amused expression as the two ate.

"Are you sure you were lost in the bush for only two days?" he asked.

"Seems like forever," Joey admitted, embarrassed.

"Is there any way to contact our families?" he then asked, concerned.

"It's more than a few days walk to the nearest town," Patrick said. "We'll send someone to get word to your parents that you're here. In the meantime, you need to eat your fill and rest. I don't think that you're in any condition to walk any further."

The rest of the meal was spent in silence as Patrick began working on his next fiddle project. Joey and Angus watched as he cut the back part of the fiddle following a pattern marked on the wood.

"This is a beautiful fiddle," Joey said as he picked up the fiddle Patrick had been testing.

"Would you like to learn how to make your own fiddle?" Patrick asked.

"Why not?" Joey shrugged. "It looks like we're going to have a bit of time while we wait."

„Würde es deine Familie sehr stören, wenn wir eine Mahlzeit schnorren und unsere Familien anrufen, um ihnen zu sagen, dass wir okay sind?", fragte Joey.
„Überhaupt nicht", sagte Patrick. „Wir kriegen nicht oft Besuch."
Als sie zum Dorf gingen, sagte Joey: „Ich hoffe, es macht dir nichts aus, dass ich frage, aber warum spielst du deine Fiedel dort auf der Wiese?"
„Oh, haaahh!", lachte Patrick. „Wir sind ein Dorf von Geigenbauern. Jedes Mal wenn eine Fiedel fertig ist, gehen wir auf diese Lichtung, um sie zu stimmen und auszuprobieren. Irgendetwas an dem Wald entlockt einer neu gebauten Fiedel die reinsten Töne", erklärte er ernsthaft.
Joey und Angus waren so in Patricks Erklärung vertieft, dass sie gar nicht bemerkten, dass sie bereits mehrere Häuser passiert hatten.
„Hier ist mein Zuhause", sagte Patrick.
„Es ist nicht die tollste Hütte im Dorf, aber besser als im Wald zu schlafen", sagte er, als sie eintraten.
Da erst hielten Joey und Angus inne um sich umzusehen und bemerkten, dass all die Häuser Blockhäuser waren.
„Das hier ist entweder ein historischer Ort oder irgendein Kult", flüsterte Joey, als sie Patrick in die Hütte folgten. „Verhalt dich ganz normal. Tu so, als würdest du nichts bemerken."
Der Geruch von frisch geschlagenem Holz, gemischt mit dem Aroma von Eintopf und gebackenem Bannock weckte ihren kurzzeitig vergessenen Hunger von Neuem. Bald schlangen Joey und Angus jede Menge triefenden, in Elch-Eintopf getunkten Bannock herunter.
Während die beiden aßen, sah Patrick ihnen amüsiert zu.
„Seid ihr sicher, dass ihr nur zwei Tage im Busch verloren wart?", fragte er.
„Es kommt mir vor wie eine Ewigkeit", gab Joey verlegen zu.
„Gibt es eine Möglichkeit, unsere Familien zu kontaktieren?", fragte er dann besorgt.
„Bis zur nächsten Stadt sind es einige Tage zu laufen", sagte Patrick. „Wir werden jemanden losschicken, um euren Eltern Bescheid zu geben, dass ihr hier seid. In der Zwischenzeit esst ihr euch satt und ruht euch aus. Ich glaube nicht, dass ihr in der Verfassung seid um weiter zu laufen."
Den Rest der Mahlzeit verbrachten sie schweigend, während Patrick die Arbeit an seiner nächsten Fiedel begann. Joey und Angus sahen ihm zu, als er die Rückseite der Fiedel zuschnitt, wobei er einem Muster folgte, das auf dem Holz vorgezeichnet war.
„Das ist eine schöne Fiedel", sagte Joey und hob die Fiedel hoch, die Patrick getestet hatte.
„Hättet ihr Lust zu lernen, eure eigene Fiedel zu bauen?", fragte Patrick.
„Warum nicht?", sagte Joey achselzuckend. „Wie es aussieht, werden wir genug Zeit haben, während wir warten."

"A maple log was brought to us by a voyageur friend," Patrick explained.

"The pattern pieces are already cut," Patrick continued. "I've never tried to make a fiddle from waterlogged maple before. Maple trees don't grow very well this far north. For this particular fiddle, the back and rib pieces as well as the scroll and neck were made using a maple log. The top plate, however, is made of spruce.

"I'm sure that when you're done, this will be a fiddle worth taking home. All you have to do now is glue it together and apply your varnish."

Time seemed to stand still for Joey and Angus as they worked on the maple wood fiddle together. They learned about fiddle making during the day and practiced learning how to play the fiddle by night.

The days passed by swiftly since the messenger had been sent to town, but neither Joey nor Angus seemed concerned.

Finally, with the last string threaded, the boys spent the day in the field tuning, testing and jigging to Joey's maple fiddle. There couldn't have been a more excellent moment in time as the three celebrated a job well done.

The next day, there was a knock on the door signaling the messenger's return home.

After much whispering, Patrick turned to the boys and said, "We value our way of life and don't want it spoiled by people who wouldn't understand.

"I'll walk you to the clearing where you first saw me. It's been arranged that someone will pick you up there."

At the clearing, as Patrick shook Joey's hand, he presented the fiddle to Joey as a gift.

"It's a fine fiddle," Patrick said proudly. "I'll tune it one more time so you'll never have a problem with it losing its tone.

"In return, I need you to do me just one favour," Patrick said, gazing at Joey with a serious and intent look.

„Ein Voyageur-Freund hat uns einen Ahornstamm mitgebracht", erklärte Patrick.
„Die Musterstücke sind schon zugeschnitten", fuhr Patrick fort. „Ich habe noch nie zuvor versucht, eine Fiedel aus einem vollgesogenen Ahorn zu machen. Ahorn wächst nicht gut so weit im Norden. Bei dieser speziellen Fiedel hier sind der Rücken und die Teile der Zarge sowie die Schnecke und der Hals aus einem Ahornstamm gefertigt. Die Deckplatte jedoch ist aus Fichte."
„Ich bin sicher, dass sie, wenn ihr fertig seid, eine Fiedel sein wird, die es sich lohnt, mit nach Hause zu nehmen. Alles was ihr jetzt noch tun müsst, ist, sie zusammenzukleben und zu lackieren."
Die Zeit schien stillzustehen für Joey und Angus, als sie zusammen an der Fiedel aus Ahorn arbeiteten. Tagsüber lernten sie, wie man Fiedeln baut und abends übten sie darauf zu spielen.
Nachdem der Bote zur Stadt gesandt worden war, vergingen die Tage rasch, aber weder Joey noch Angus schienen sich Gedanken darüber zu machen.
Als schließlich die letzte Saite eingefädelt war, verbrachten die Jungs den Tag auf der Wiese, wo sie Joeys Ahornfiedel stimmten und testeten und zu Jigs tanzten. In diesem Moment konnten die drei sich nichts Schöneres vorstellen, als gemeinsam ihr Meisterstück zu feiern.

Am nächsten Tag klopfte es an der Tür, was die Rückkehr des Boten signalisierte.
Nach viel Geflüster wandte sich Patrick den Jungs zu und sagte: „Wir schätzen unsere Lebensart und wollen nicht, dass sie durch Leute verdorben wird, die sie nicht verstehen würden. Ich werde mit euch zu der Lichtung gehen, wo ihr mich zum ersten Mal gesehen habt. Jemand wird euch dort abholen."
Als Patrick auf der Lichtung Joeys Hand schüttelte, überreichte er die Fiedel als ein Geschenk.
„Es ist eine sehr gute Fiedel", sagte Patrick stolz. „Ich werde sie noch einmal stimmen, so dass du nie das Problem hast, dass sie ihren Klang verliert. Im Gegenzug musst du mir nur einen Gefallen tun", sagte Patrick und sah Joey mit einem ernsten und durchdringenden Blick an.
„Wenn ich das kann", antwortete Joey.
„Bitte nimm diese Fiedel und spiel sie vor Publikum", sagte Patrick.
„Wenn du das tun kannst, wären wir geehrt und wüssten, dass du ein Lebenswerk der Menschen meines Dorfes geteilt hast", sagte er geheimnisvoll.
Dann wandte Patrick sich um und ging zurück zum Dorf.
„Heute scheint ein Tag des Abschieds zu sein, denn ich werde dich jetzt ebenfalls verlassen", sagte Angus mit einem traurigen Lächeln.

"If I can," Joey replied.
"Please take this fiddle and play it for an audience," Patrick said.
"If you can do that, we will be honoured knowing that you've shared a lifetime's work from the people of my village," he said mysteriously.
Patrick then turned and walked back to the village.
"Today seems to be a day of parting because this is where I leave you as well," Angus said, smiling sadly.
Shocked that Angus would consider such a thing, Joey asked, "What about your family, Angus? They'll be waiting for you."
Ignoring him, Angus continued, "Before you go, Joey, there is something that you should know. Without realizing it, you helped those people back there in the village."
"How?" Joey asked. "It seems more like they helped us."
"We helped you," Angus said. "I was merely a spiritual guide to take you there and then ensure your safe return home. By now you must realize that something strange has happened to you."
Joey shook his head, confused.

"For an instant in time, I took you back to a village that existed over 100 years ago," Angus continued. "It was a fine village of Scottish Metis. They were excellent craftspeople who were striving to create the purest sounding fiddles. It was their intention to market their fiddles and make their village respected and noted for its craftsmanship.
"Unfortunately, the voyageur that brought the maple log that was used to cut the pieces for your fiddle also brought smallpox to the Metis. The people never had a chance and perished. They were so far from the nearest settlement that you're the only one who knows that they ever existed.
"My purpose was to recreate the Metis village and people so that you would appreciate their lifestyle and confirm their existence.
"When you wake, this will all seem like a dream. Just remember what Patrick asked of you. He was the real ghost," Angus said as he, too, turned and slowly walked back towards the village.

A loud whirring sound cut through Joey's senses as he woke to a strong wind swirling around his head.

Schockiert, dass Angus so etwas überhaupt in Betracht zog, sagte Joey: „Was ist mit deiner Familie, Angus? Sie warten sicher auf dich."
Angus ignorierte ihn und fuhr fort: "Bevor du gehst, Joey, gibt es etwas, das du wissen solltest. Ohne es zu wissen, hast du diesen Leuten dort im Dorf geholfen."
„Wie denn?", fragte Joey. „Sie haben doch wohl eher uns geholfen."
„Wir haben dir geholfen", sagte Angus. „Ich war nicht mehr als ein Begleiter aus der Geisterwelt, der dich dorthin gebracht und für deine sichere Heimkehr gesorgt hat. Dir muss doch jetzt bewusst geworden sein, dass etwas Seltsames mit dir passiert ist."
Joey schüttelte verwirrt den Kopf.

„Für eine Weile habe ich dich in ein Dorf mitgenommen, das vor über 100 Jahren existierte", fuhr Angus fort. „Es war ein schönes Dorf schottischer Métis. Sie waren exzellente Handwerker, die danach strebten, die Fiedeln mit dem reinsten Klang herzustellen. Ihre Absicht war es, ihre Fiedeln zu verkaufen und dem Dorf Respekt und Ansehen für seine Handwerkskunst einzubringen."
„Unglücklicherweise brachte der Voyageur, der den Ahornstamm mitbrachte, der für die Teile deiner Fiedel benutzt wurde, auch die Pocken zu den Métis. Die Leute hatten nicht die geringste Chance und starben. Sie waren so weit weg von der nächsten Siedlung, dass du der Einzige bist, der weiß, dass sie jemals existiert haben."
„Meine Aufgabe war es, das Métis-Dorf und seine Bewohner wieder zum Leben zu erwecken, so dass du ihre Art zu leben zu schätzen lernst und von ihrer Existenz berichtest."
„Wenn du aufwachst, wird dir dies alles wie ein Traum erscheinen. Vergiss nur nicht, worum Patrick dich gebeten hat. Er war der wahre Geist", sagte Angus, als er sich ebenfalls umdrehte und langsam zurück zum Dorf ging.

Ein lautes, dröhnendes Geräusch schnitt durch Joeys Wahrnehmung, als er aufwachte und ihm ein heftiger Wind um den Kopf blies.
Als er aufblickte, sah er einen Helikopter, der in der Nähe zur Landung ansetzte. Joey setzte sich auf und winkte aufgeregt.
Er wandte sich zu den Fichten um, damit er winken und Angus wissen lassen konnte, dass alles in Ordnung kommen würde. Wo das Dorf gestanden hatte, stapelten sich Baumstämme.
„Könnten dies die Holzhütten des Dorfes gewesen sein?"
Ein Schauer fuhr durch seinen ganzen Körper. Joey stöhnte und hob seine Hand, um die Beule zu berühren, die mit schmerzender Gewissheit an sei-

Looking up, he saw a helicopter preparing to land nearby. Joey sat up and waved excitedly.
He turned to the spruce trees to wave and let Angus know that he would be all right. Where the village had been were piles of logs.
"Could these have been the log cabins in the village?"
A shiver ran through his entire body. Joey groaned and lifted his hand to feel for a lump he felt painfully sure was on the back of his head. He then remembered hiking with his friends and following an old bush trail. He had gotten lost, fell and hit his head on something.
"Had it all been a dream caused by the fall?" he wondered.
"It all seemed so real," he whispered in disbelief as he turned to get up from the ground. His hand touched something lying beside him in the grass.
It was the fiddle!
Joey then remembered what Patrick had asked of him. He picked up the fiddle and decided that he would find the right time and the right place to fulfill his promise.

Weeks later, Joey stood in front of an audience of Metis people during their annual cultural celebrations.
The eerie and haunting melody flowed through the crowd as Joey began to play his fiddle. The men, women and even the children stopped talking and fidgeting to listen to his fiddle tune. Their smiles of acceptance and pride were all that Joey needed in order to close his eyes and put his heart into his fiddle. As Joey continued to play, he realized that it wasn't the wood that made the fiddle ... it was the spirit of the Metis.

nem Hinterkopf pochte. Dann erinnerte er sich daran, dass er mit seinen Freunden wandern gewesen war und dabei einem alten Buschpfad folgte. Er hatte sich verlaufen, war gestürzt und hatte sich irgendwo den Kopf angeschlagen.
„War alles nur ein Traum gewesen, verursacht durch den Sturz?", fragte er sich.
„Es schien alles so real", flüsterte er ungläubig, als er sich umdrehte, um vom Boden aufzustehen. Seine Hand berührte etwas, das neben ihm im Gras lag. Es war die Fiedel!
Dann erinnerte sich Joey an das, worum Patrick ihn gebeten hatte. Er hob die Fiedel auf und beschloss, dass er die richtige Zeit und den richtigen Ort finden würde, um sein Versprechen wahr zu machen.

Wochen später stand Joey vor einem Publikum von Métis während ihrer jährlichen kulturellen Feierlichkeiten.
Die unheimliche und eindringliche Melodie wehte durch die Menge, als Joey auf seiner Fiedel zu spielen begann. Die Männer, Frauen und sogar die Kinder hörten auf zu reden und herumzuzappeln, um seiner Fiedelmelodie zu lauschen. Ihr zustimmendes und stolzes Lächeln war alles, was Joey brauchte, um seine Augen zu schließen und sein Herz in seine Fiedel zu legen. Während Joey weiterspielte, erkannte er, dass es nicht das Holz war, das die Fiedel ausmachte ...es war der Geist der Métis.

MARILYN DUMONT

that tongued belonging

Cree survives in the words
my niece offers her tearful daughter, "It's O.K., my girl."
"my girl," that tender way of affirming kinship
"my girl," that recognition of being called into
and belonging to Cree

all of this in a few borrowed sounds of English
the nerve of Cree remains
in mouths that have tasted a foreign alphabet too long
frequently we sound too little of ourselves
and regret that we were not called
to that sweet place of fit
among our relatives

so that now when we're among Cree speakers
who ask, *If we speak our language?*
and we respond in the negative
we are regarded
as if we are illegitimate children
in a single language hostel
and that all we need
is to try harder
since we are a generation where
these same sounds
once forbidden
are now pronounced

MARILYN DUMONT

diese Zugehörigkeit durch die Zunge

Cree überlebt in den Worten
die meine Nichte ihrer verweinten Tochter darbietet,
„Es ist in Ordnung, meine Kleine."
„meine Kleine", diese zärtliche Art, Verwandtschaft zu betonen
„meine Kleine", diese Erkenntnis, dass man zu den Cree berufen wird
und dazugehört

all dies in ein paar ausgeliehenen Klängen des Englischen
der Nerv von Cree bleibt erhalten
in Mündern, die zu lange ein fremdes Alphabet geschmeckt haben
häufig klingen wir zu wenig nach uns selbst
und bedauern, dass wir nicht berufen wurden
zu diesem süßen Ort der Zugehörigkeit
zu unseren Verwandten

so dass wir nun, wenn wir unter Cree-Sprechern sind
die fragen, *Ob wir unsere Sprache sprechen?*
und wir verneinen
so betrachtet werden
als wären wir uneheliche Kinder
in einer Herberge mit nur einer Sprache
und dass alles, was wir tun müssen
ist, uns mehr anzustrengen
da wir eine Generation sind, in der
eben diese Klänge
einst verboten
nun ausgesprochen werden

and the echoes of a language
that would have spared us grief
not to mention, alienation
had our parents communicated to us
will continue to grow
like moss on our backs
and no matter which way
we turn to the light
it will always exist
on our cold side
and ache
like a phantom limb

und die Echos einer Sprache
die uns Kummer erspart hätte
ganz zu schweigen von Entfremdung
hätten unsere Eltern sie uns vermittelt
werden weiter wachsen
wie Moos auf unseren Rücken
und ganz gleich wie
wir uns dem Licht zuwenden
es wird immer da sein
auf unserer kalten Seite
und wehtun
wie Phantomschmerzen

The Question

"Knowing about being Indian/just because/you're an Indian."
"Essentialism," Simon Ortiz, *Out There Somewhere*

The Question: I can feel it welling up like some patriotic standard; I'm rising to my feet with reverence, and I can feel the question prodding my backbone to stand and salute *My People*. It's swelling in my chest like a breast implant, and I'm rising to *the Question* as if I have the answer for the ten little Indians all standing behind me waiting to do the Tomahawk Chop.

The Question: I know and they know it's coming like tax time, and I can tell by their fawning posture they've been meaning to ask this for years, and they trust I will be the even-tempered and rational-minded-Indian who will finally answer it. I'm sure of it forming like a pimple. Their words so carefully selected like their dinnerware or hair products.

The Question: I can feel the air tighten around us like a mud facial, then decompress like we're both stepping into the deep-deep-kaakaa-territory of unresolved disputes among nations and I, at the border crossing am a Customs Agent who inquires: "Do you have anything to declare?"

Die Frage

"Wissen, wie es ist, Indianer zu sein/nur weil/du ein Indianer bist."
„Essentialism", Simon Ortiz, *Out There Somewhere*

Die Frage: Ich kann fühlen, wie sie emporsteigt wie eine patriotische Flagge; ich erhebe mich mit Ehrfurcht, und ich kann fühlen, wie die Frage an mein Rückgrat stößt, damit ich stehe und *Meinem Volk* salutiere. Sie schwillt in meiner Brust wie ein Brustimplantat, und ich erhebe mich zu *der Frage* als hätte ich die Antwort für die zehn kleinen Indianerlein, die alle hinter mir stehen und darauf warten, den Tomahawk-Schlag auszuführen.

Die Frage: Ich weiß und sie wissen, dass sie kommt wie die Zeit für die Steuern, und an ihrer gebückten Körperhaltung kann ich erkennen, dass sie das schon seit Jahren fragen wollen, und sie nehmen an, dass ich der ausgeglichene und rational denkende Indianer bin, der sie endlich beantworten wird. Ich bin mir sicher, sie bildet sich wie ein Pickel. Ihre Worte so sorgfältig ausgewählt wie ihr Geschirr oder ihre Haarprodukte.

Die Frage: Ich kann fühlen, wie sich die Luft um uns herum zusammenzieht wie eine Schlamm-Maske und dann nachgibt, als ob wir beide ins tiefe, tiefe Kaakaa-Territorium ungelöster Streitigkeiten zwischen Nationen schreiten, und ich, am Grenzübergang, ein Zollbeamter bin, der fragt: „Haben Sie etwas zu verzollen?"

She carries the Pope in her purse
he doesn't take up much room
between the pages
of a dog-eared prayer book

Her purse also serves
as a portable shrine to Ste. Anne
a collection of Pilgrimage medals
blessed, strung on safety pins
stowed with her rosaries
and vials of holy water
all clasped in vinyl zip pouches

gifts of lockets and brooches never worn
a King George nickel and seed beaded earrings
eau de toilette never opened
red lipstick never used
a man's white hankie
and Lypsyl crowd
dime-store cosmetic bags

pension check stubs, utility bills, obituary clippings
Senior's card and address book
all wound in wide rubber bands
are zipped into a side-pocket

while a bank card and mad money
are bundled in a change purse
that snaps shut like a small trap

it smells of Jergens, Juicy Fruit and second-hand stores

Sie trägt den Papst in ihrer Handtasche
er nimmt nicht viel Platz ein
zwischen den Seiten
eines Gebetsbuches mit Eselsohren

Ihre Handtasche dient auch
als tragbarer Schrein für die Heilige Anne
als Sammlung von Pilgermedaillen
gesegnet, aufgefädelt auf Sicherheitsnadeln
vollgestopft mit ihren Rosenkränzen
und Fläschchen mit heiligem Wasser
alles gut verpackt in Vinyltäschchen mit Reißverschluss

Medaillons und Broschen – Geschenke, die nie getragen wurden
ein King-George-Nickel und Ohrringe aus aufgefädelten Samen
Eau de Toilette, das nie geöffnet wurde
roter Lippenstift, der nie aufgetragen wurde
ein weißes Herrentaschentuch
und mit Lypsyl-Lippenpflege vollgestopfte
Kosmetiktäschchen aus dem Billigladen

Fetzen von Rentenbescheiden, Haushaltsrechnungen, Zeitungsausschnitte
        von Nachrufen
Seniorenausweis und Adressbuch,
alles mit weiten Gummibändern umwickelt,
sind in einer Seitentasche verstaut

während eine EC-Karte und ein wenig Geld für den Notfall
in einem kleinen Portemonnaie gebündelt sind
das zuschnappt wie eine kleine Falle

sie riecht nach Jergens Hautcreme, Juicy-Fruit-Kaugummis
        und Second-Hand-Läden

DARLENE GAIT

A Mountain's Melody

I once seen …
aging blue mountains
that towered above the trees
and spoke in earth's tongue.
We all gathered together to listen
and each of us heard a different song.
Tears of joy streamed from her
as she prepared herself for death.
I marveled in her bravery
And knew I would be forgotten,
but her beauty is burned in my mind
forever.

DARLENE GAIT

Melodie eines Berges

Einst sah ich ...
alternde blaue Berge,
die sich über den Bäumen auftürmten
und in der Erde Zunge sprachen.
Wir kamen zusammen um zuzuhören
und jeder vernahm ein anderes Lied.
Tränen der Freude flossen von ihr,
als sie sich vorbereitete auf den Tod.
Ich bewunderte ihren Mut
und wusste, ich würde vergessen sein,
aber ihre Schönheit ist in mein Gedächtnis gebrannt
auf ewig.

Standing Still

When I stand still …
Silence brings me peace
and my problems dissolve into the evening sunset,
that wraps itself around me like a blanket when it's cold.
Straight to my heart,
I am filled with a light
that tells me,
I am full and good and forgiven,
for all thoughts that crossed my mind
that might not be virtuous.
For all the words that stumbled from my mouth
that benefited no one.
For forgetting my place as a child of this earth,
and not nourishing my soul.
When I stand still –
I am forced to see what really matters
and listen to the knowledge that is within me.

Stillstehen

Wenn ich stillstehe ...
Schweigen bringt mir Frieden
und meine Probleme lösen sich auf im abendlichen Sonnenuntergang,
der mich einhüllt wie eine Decke, wenn es kalt ist.
Bis in mein Herz
bin ich erfüllt von einem Licht,
das mir sagt,
ich bin vollkommen und gut und mir ist vergeben
für alle Gedanken, die meinen Sinn kreuzten,
die vielleicht nicht tugendhaft waren.
Für all die Worte, die aus meinem Mund stolperten,
die niemandem nützten.
Dafür, dass ich meinen Platz als Kind dieser Erde vergaß
und meine Seele nicht nährte.
Wenn ich stillstehe –
bin ich gezwungen zu sehen, was wirklich wichtig ist
und auf das Wissen zu hören, das in mir ist.

The Fisherman

So simple and gray,
he wakes at dawn
and plucks his meals
from glassy pools.
He sees only the moment
that lies before him
and little else,
for he is too wise to want more
than what nature offers.
Looking out over surfaces
that reflect the sky,
seems enough for this fisherman,
and when the reflections become
too routine,
he will freely fly to a new paradise,
with no attachments,
or promises to return.

Der Fischer

So einfach und grau,
erwacht er im Morgengrauen
und klaubt seine Mahlzeiten
aus gläsernen Tiefen.
Er sieht nur den Moment,
der vor ihm liegt
und wenig sonst,
denn er ist zu weise mehr zu wollen
als die Natur ihm bietet.
Hinauszublicken über Oberflächen,
die den Himmel spiegeln,
scheint genug für diesen Fischer,
und wenn die Spiegelungen
zu sehr Routine werden,
wird er frei in ein neues Paradies fliegen,
ohne Bindungen
oder Versprechen zurückzukehren.

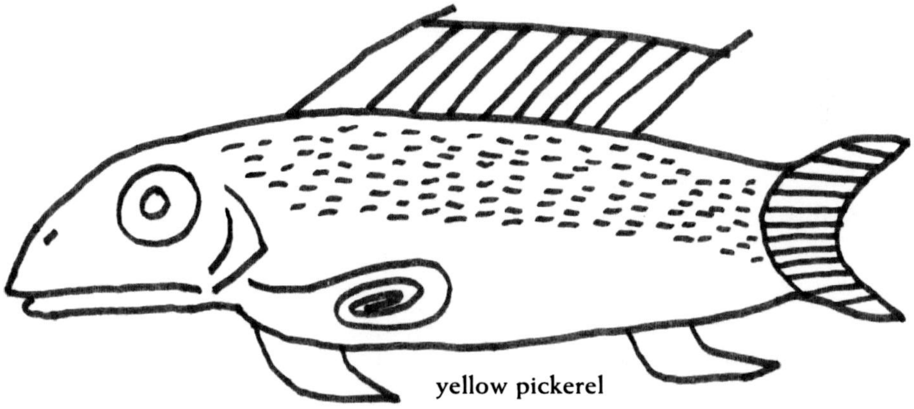

yellow pickerel
© Ahmoo Angeconeb

GARRY GOTTFRIEDSON

Moon Fractions

the night sky crawls yellow in
Taiwan as it does in Italy
and for that matter, here too, on
the starlit crazy rez shaping
fractions to keep white
folk dizzy with miscalculations

I love that, but love is useless in
poetry, so I dream words in
somnolent shades and start again

I re-create rocks dripping
salt water from sea smashed waves,
writing nonsense words in the sand
dunes left when the tide runs back to
the other side of the world

but on the desert rez, there are no sea sand
words to imagine, only those written in the skin
of birch trees, and those painted in rocks
the post-modern Indian calls
visual poetic expression

the ancestors have always left
a stone impression on the visitors
just as we do today, how little things change

our blood drips on
the sidewalks late at night and
sometimes even in the bright daylight,
our visitors stare down at
us leaving footprints forever
etched within each wrinkle, every line of
the living stories we tell through our eyes like
patterns of sand pounded across oceans in
Taiwan or Italy or on the shores of
this country where rocks and gravel are ground to
dust glimmering on moonlit nights
waiting for someone to
dream them to life

GARRY GOTTFRIEDSON

Mondbruchstücke

der Nachthimmel kriecht gelb dahin in
Taiwan, so wie er es in Italien tut
und wo wir schon dabei sind, hier auch, auf
dem sternenerleuchteten verrückten Reservat gestaltet er
Bruchteile um die weißen
Leute mit Fehlkalkulationen zu verwirren

ich liebe das, aber Liebe ist nutzlos in
Gedichten, also träume ich Worte in
schläfrigen Schatten und fange noch mal an

ich erschaffe Felsen neu, Salzwasser tröpfelnd
von zerschmetterten Meereswellen,
sinnlose Worte in den Sand schreibend,
von den Dünen zurückgelassen, wenn die Flut zur
anderen Seite der Erde zurückfließt

aber im Wüstenreservat gibt es keine Meeressand-
Worte zum Fantasieren, nur solche, die in die Haut
von Birkenbäumen geritzt sind, und jene, die in Felsen gemalt wurden,
die der post-moderne Indianer
visuellen poetischen Ausdruck nennt

die Vorfahren haben immer
einen steinernen Eindruck bei den Besuchern hinterlassen
genau so, wie wir es heute tun, wie wenig sich die Dinge ändern

unser Blut tropft auf
die Gehwege spät nachts und
manchmal sogar am helllichten Tag,
unsere Besucher starren herab auf
uns, hinterlassen Fußabdrücke auf immer
geätzt in jede Falte, jede Zeile der
lebendigen Geschichten, die wir durch unsere Augen erzählen wie
Muster in Sand gestampft über Ozeane in
Taiwan oder Italien oder an den Küsten
dieses Landes, wo Felsen und Kies zu Staub gemahlen
werden, der in mondhellen Nächten schimmert,
wartend auf jemanden, der
sie zum Leben erträumt

My Grandmothers

my grandmothers purled farewell
paused knowingly at the edge
whispered with luminous satisfaction to
the souls waiting for familiarity

they had done their work

in the unfettered fields and open spaces of
the land where my ancestors' bones are ground to dust
before me confidence was reborn from
fleeting faint echoes spiraling amid the sagebrush and cacti

they had done their work

from the common past retold
through dream-time and oral pass downs,
the rebirth of recognition and solidarity
glorified their commitment and mine

they had done their work

for the betterment of future life-givers
my grandmothers cleansed the re-constructed landscape
ensuring the remains still remained pure
despite the underhandedness of poisonous politicians extorting lands

they had done their work

the landscape nearly disappeared from
the resurrection of barbwire fences and narcissist policy, but
the dust of my grandmothers still blows between the barbs
and I hear them whispering the names of my grandchildren

they had done their work

Meine Großmütter

meine Großmütter murmelten Lebewohl
hielten am Rande wissend inne
flüsterten mit strahlender Zufriedenheit zu
den auf Vertrautheit wartenden Seelen

sie hatten ihre Arbeit getan

in den ungefesselten Feldern und weiten Flächen des
Landes, wo meiner Vorfahren Knochen zu Staub geworden sind
Vertrauen wurde wiedergeboren aus
flüchtigen schwachen Echos, die zwischen Salbei und Kakteen wirbeln

sie hatten ihre Arbeit getan

aus der gemeinsamen Vergangenheit wiedererzählt
durch die Traumzeit und mündliche Weitergaben,
die Wiedergeburt von Anerkennung und Solidarität
rühmten ihre Hingabe und meine

sie hatten ihre Arbeit getan

zum Besseren zukünftiger Lebensgeber
reinigten meine Großmütter die wiederaufgebaute Landschaft
und stellten sicher, dass das Übriggebliebene stets rein bliebe
trotz der Hinterhältigkeit giftiger, Land erpressender Politiker

sie hatten ihre Arbeit getan

die Landschaft verschwand fast durch
die Auferstehung von Stacheldrahtzäunen und selbstverliebter Politik, aber
der Staub meiner Großmütter weht noch immer zwischen den Stacheln
und ich höre sie die Namen meiner Enkelkinder flüstern

sie hatten ihre Arbeit getan

One Tribe Canada

one tribe Canada
urban Indian culture rung from rez remnants
adorned in button-blankets capped with war-bonnets
indoctrinated by medicine wheel philosophy
blackberries can't be eaten anymore
gucci is metro-sexual courage

one tribe Canada
urban Indian experts steal from the keepers
but fear the rez pagans
cowardly ask them for give-away pouches
sage or cedar or sweet-grass respectfully traded for cash
remember to acknowledge whose territory you're in
don't recognize the real ones
it doesn't matter anyway, you're smart

one tribe Canada
building sweats in Vancouver's periphery
globalizing Lakota ceremonial secrets
organizing inter-tribal, international powwows
being entrepreneurs selling knick-knacks Asian made
painting romantic art of departed stoic Indians
smattering bits and pieces of tribal language for titles

one tribe Canada
English is the first language in a multi-cultural society
astute with correct terminology usage:
like First Nations, economic development, travel the globe
call-on the Ph.D. junkies to preach thin red line to-do's
successful boys and girls with European degrees
but English is good – I speak it too
be nice to your teachers

Ein Stamm Kanada

ein Stamm Kanada
Stadtindianerkultur klang aus Reservatsresten
geschmückt mit perlmuttbestickten Decken, von Kriegshauben gekrönt
indoktriniert von Medizinradphilosophie
Blackberrys kann man nicht mehr essen
Gucci ist metrosexueller Mut

ein Stamm Kanada
städtische Indianerexperten stehlen von den Hütern
aber fürchten die Reservatsheiden
fragen sie feige nach Beuteln zum Verschenken
Salbei oder Zeder oder Süßgras, respektvoll gegen Bares getauscht
versäumt nicht anzuerkennen, auf wessen Territorium ihr euch befindet
erkennt bloß nicht die wahren
ist eh egal, ihr seid clever

ein Stamm Kanada
baut Schwitzhütten an Vancouvers Stadtrand
globalisiert zeremonielle Geheimnisse der Lakota
organisiert intertribale, internationale Powwows
besteht aus Unternehmern, die in Asien produzierten Krimskrams verkaufen
malt romantische Kunst verstorbener stoischer Indianer
streut kleine Brocken von Stammessprachen in die Titel

ein Stamm Kanada
Englisch ist die erste Sprache in einer multikulturellen Gesellschaft
clever im politisch korrekten Gebrauch von Fachbegriffen:
wie First Nations, Wirtschaftsentwicklung, bereist den Globus
besucht die Doktorenjunkies, die schmalgratige To-Do-Listen predigen
erfolgreiche Jungen und Mädchen mit europäischen Hochschulabschlüssen
aber Englisch ist gut – ich spreche es auch
seid nett zu euren Lehrern

one tribe Canada
brave, well-spoken Chief dazzles white bride
good, Indian woman latches onto throw-away white boy
'better-than-the-rest' offspring take-over
aboriginality is the hay-ya, hay-ya rap sung in perfect English

one tribe Canada
this is maple leaf love

ein Stamm Kanada
tapferer, wortgewandter Häuptling blendet weiße Braut
gute indianische Frau hängt sich an weißen Wegwerf-Jungen
‚Besser-als-der-Rest'-Nachkommen treten an zur Übernahme
Eingeborenentum ist der hay-ya, hay-ya-Rap, gesungen in perfektem
    Englisch

ein Stamm Kanada
das ist Ahornblattliebe

eagle

RENE INKSTER

The Surveyor's Daughter

There are three pictures on my office wall, pictures that have always hung there and that always will hang there. They are encased in oak frames made by my mother's brother David, a finishing carpenter born in England in the late 1800's. Originally the frames held old photos of places I had never heard of at the time I needed the frames for my drawings. That was a time when I did not know the significance of pictures of the Assiniboine River Valley. My mother said they were not important so I threw them out.

All three pictures are copies of lithographs created by a western pen and ink artist called R. H. Palenski. They are veiled by nicotine, and splotched with watermarks in a few places. For a few years I had hung them on my living room wall in cheap frames that had no glass to protect them because they were important to me. At the time, it was more important for me to see them than to protect them.

The yellowiest of the three pictures, called *A Long Pull*, is of a mule train hauling two huge wagons up a trail beneath high peaked mountains. When I was young it was mountains that spoke to my heart, as I spent many happy times in a small tourist town called Jasper, in the Rocky Mountains, west of Edmonton, Alberta. The Rocky Mountains were special to me as my grandfather and several great uncles had been centred there in the days of Jasper House, a regular stop for traders working for the North West Company and the Hudson's Bay Company. Uncle Curley, married to my Auntie Grace, one of my grandfather's sisters, was a famous tracker and trail guide who climbed Mount Robson in his work clothes. He was taken there by Shushwap men, who regularly climbed to the top on vision quests. Later, when Uncle Curley guided European mountain climbers to the top of the huge mountain, they discounted that he could climb the slick steep-sided monolith in guider's work boots, and they struck his name from the list of successful climbers. This did not faze Uncle Curley who thought it funny that the Europeans never bothered to consider the Native men who climbed the mountain in their moccasins.

The picture has deeper emotional dimensions for me nowadays. I learned not long ago that my Uncle Bill, a brother of Granddad's, who was a buffalo hunter out of Jasper House, was given a choice whether to stay as a member

RENE INKSTER

Die Tochter des Vermessers

Drei Bilder hängen an der Wand meines Büros, Bilder die dort schon immer gehangen haben und die auch immer dort hängen werden. Sie sind in Eichenholzrahmen gefasst, die David, der Bruder meiner Mutter, gemacht hat, ein Tischler, der im späten 19. Jahrhundert in England geboren wurde. Ursprünglich enthielten die Rahmen alte Fotos von Orten, von denen ich zu der Zeit, als ich die Rahmen für meine Zeichnungen brauchte, noch nie gehört hatte. Das war eine Zeit, zu der ich die Bedeutung von Bildern des Assiniboine River Valley nicht kannte. Meine Mutter sagte, sie wären nicht wichtig, also schmiss ich sie raus.

Alle drei Bilder sind Kopien von Lithographien, die der Western-Zeichner R. H. Palenski geschaffen hat. Sie haben einen Nikotinschleier und an ein paar Stellen tragen sie Ränder von Wasserspritzern. Ein paar Jahre lang hatte ich sie an meine Wohnzimmerwand gehängt, in billigen Rahmen ohne schützendes Glas, denn sie waren mir wichtig. Zu der Zeit war es mir wichtiger, sie zu sehen, als sie zu schützen.

Das vergilbteste der drei Bilder, das den Titel *A Long Pull* trägt, zeigt einen Maultierzug, der zwei riesige Wagen einen Pfad vor hochaufragenden Bergen hinaufzieht. Es waren die Berge, die zu meinem Herzen sprachen, als ich jung war und viele glückliche Momente in einer Touristenstadt namens Jasper verbrachte, die in den Rocky Mountains westlich von Edmonton, Alberta liegt. Die Rocky Mountains waren etwas Besonderes für mich, da mein Großvater und mehrere Großonkel dort gelebt hatten in der Zeit, als es das Jasper House noch gab, ein üblicher Halt für Händler, die für die North West Company und die Hudson's Bay Company arbeiteten. Onkel Curly, verheiratet mit meiner Tante Grace, einer der Schwestern meines Großvaters, war ein berühmter Fährtenleser und Bergführer, der den Mount Robson in seiner Arbeitskleidung erstieg. Er war von Shushwap-Männern dorthin mitgenommen worden, die für Visionssuchen regelmäßig den Gipfel erstiegen. Später, als Onkel Curly europäische Bergsteiger zum Gipfel des riesigen Berges führte, glaubten sie nicht, dass er den glatten, steilwandigen Monolithen in seinen Arbeitsstiefeln besteigen konnte, und sie strichen seinen Namen von der Liste erfolgreicher Bergsteiger. Das verunsicherte Onkel Curly nicht im Geringsten. Er fand es seltsam, dass die Europäer sich nie die

Park, or to leave. He left with one of the Moberly brothers, and journeyed north after briefly staying at Grand Cache, on the north east side of the Rocky Mountains. They travelled up to Kelly Lake, just inside the British Columbia border where one of the first British Columbia Métis settlements was made by them. Moberly and some Cree and Saulteaux Indians later moved west to the foot of the Rockies and to Moberly Lake where they settled in two communities, which later became Indian reserves. My Uncle Bill moved on to Dawson City, an area that still had buffalo to hunt.

The Palenski picture has recently taken on a greater significance because I have discovered that just in front of the lead wagon going up the steep incline is a Red River cart, going down the hill. The first cart, which later came to be known as the Red River cart, was created by my Orkney Island ancestor James who worked for the Hudson's Bay Company at Brandon House, in the south west corner of the province later known as Manitoba.

The second Palenski drawing is of a cowboy leaning to his right almost off a galloping horse, readying to jump onto a fast moving cow in order to stop it. Palenski has called it Bulldogging. The action and subjects of the picture are appealing to me because they depict a time of life that I was still part of in the late 1940s, when I was about eight years old.

One of my exciting childhood memories was of a cowboy riding across the prairie field towards me, where I was playing in the family's front yard. His horse was kind of sauntering and he sat easy in the saddle; he wasn't even hanging on to the reigns. The horse picked his way across the gravel road and the cowboy looked down at me from a great height. He kind of drawled out a "Howdy" to me, and I chirped "Hi" back to him. He asked where he might find Roy, whereupon I told him this was the place. He said he was an old friend come to visit. I did not want to miss a second of this vision and so yelled to my father that a cowboy had come to visit him. Dad came out of the house by the side door and moved up abreast of me. They chatted like long lost friends for a while, and Dad seemed glad to see this living legend whom he had not seen for some years.

Mühe machten, über die Indianer nachzudenken, die den Berg in ihren Mokassins bestiegen.

Heute hat das Bild für mich eine tiefere emotionale Bedeutung. Vor nicht allzu langer Zeit erfuhr ich, dass mein Onkel Bill, ein Bruder meines Großvaters und ein Büffeljäger des Jasper House, vor die Wahl gestellt worden war, ob er nach der Fertigstellung von Jasper Park als ein Mitglied der Moberly Büffeljäger im Park bleiben oder ihn verlassen wollte. Er ging mit einem der Moberly Brüder und reiste nach Norden, nachdem er kurze Zeit in Grand Cache auf der nordöstlichen Seite der Rocky Mountains geblieben war. Sie reisten bis Kelly Lake, direkt hinter der Grenze in British Columbia, wo sie eine der ersten Métis-Siedlungen von British Columbia gründeten. Moberly und einige Cree- und Saulteaux-Indianer zogen später an den Fuß der Rockies und an den Moberly Lake, wo sie sich in zwei Gemeinden ansiedelten, die später Indianerreservate wurden. Mein Onkel Bill zog weiter nach Dawson City, eine Gegend, wo man noch Büffel jagen konnte.

Das Palenski-Bild hat für mich vor kurzem eine noch größere Bedeutung erlangt. Ich habe herausgefunden, dass direkt vor dem vordersten Wagen, der den steilen Hang hinauffährt, ein Red River Cart den Hügel hinunterfährt. Der erste dieser Wagen, die erst später als Red River Carts bekannt wurden, wurde von meinem Vorfahren von den Orkney-Inseln, James, entwickelt, der für die Hudson's Bay Company in Brandon House in der südwestlichen Ecke der späteren Provinz Manitoba arbeitete.

Die zweite Palenski-Zeichnung zeigt einen Cowboy, der sich weit nach rechts von einem galoppierenden Pferd lehnend bereit macht, auf eine schnell laufende Kuh zu springen, um sie zu stoppen. Palenski hat es Bulldogging genannt. Die Handlung und die Motive des Bildes sprechen mich an, weil sie eine Zeit abbilden, von der ich in den späten 1940ern noch ein Teil war. Ich war zu der Zeit ungefähr acht Jahre alt.

Eine meiner spannenden Kindheitserinnerungen handelt von einem Cowboy, der über die Prärie auf mich zu ritt, als ich gerade im Vorgarten meiner Familie spielte. Sein Pferd trottete vor sich hin und er saß ganz entspannt im Sattel; er hielt nicht einmal die Zügel fest. Das Pferd suchte sich seinen Weg über die Schotterstraße und der Cowboy sah aus großer Höhe zu mir hinunter. Er warf mir ein gedehntes „Howdy" zu und ich zirpte „Hi" zurück.

My eyes were glued to this long lean grizzled man as he crossed one leg over the other while sitting in the saddle. Pretty soon he pulled a little bag of tobacco out of his shirt pocket with one hand, and extracted a paper from a little book of papers with the other. While he and Dad talked, he opened the bag, shifted some tobacco into the paper, which he had opened and then rolled a cigarette, finally licking and sticking it shut. He did all of this with one hand. With his teeth he pulled the string shutting the bag of tobacco, and still with one hand, stuffed the bag back into his pocket. He then put the cigarette between his lips at the corner of his mouth so he could keep on talking. From the other front pocket of his shirt, he pulled out a match with the same hand, flicked his thumb over the top of the match bursting it into flame, and lit the cigarette. I was completely captivated by the cowboy's behaviour.

During the exchange, he wanted to know if I was my father's child, and later in the conversation wondered if he could give me a ride on the horse. I was very keen to do just that. I was so disappointed when Dad refused. However my father was enjoying himself in a way I had not seen him do before. Soon enough the visitor left, promising to come again when he had the time. He left the way he had come, sauntering away into the summer haze. For me, Palenski has captured the essence of this romantic cowboy in his drawing.

In the third picture Palenski has drawn an endless heard of buffalo crossing a railway track, preventing a train billowing smoke from moving down the track. One gets the sense the buffalo are on a trail long used by them and the 'iron horse' is not going to stop them. Huge bulls, large cows and their calves purposefully travel down the trail toward the viewer. The memories this picture evokes are of animals so big that as an adult I stand dwarfed by them. Although I ate wild meat including buffalo during my formative years my first memory of this incredibly large animal was of a huge head that hung above the Old Timer's hall door. Our family was attending a large gathe-ring of pioneer families at the place, above the ford and grassy plain on the North Saskatchewan River, at what at the time was called South Edmonton, now the Strathcona area of greater Edmonton. My grandparents and parents moved their families towards the building door along with other families. I was about three years old and as I got close to the door I began to panic because I thought that huge animal head might eat me or even fall off the wall and kill me. I must have begun to murmur because both my granddad and my father began to encourage me that the big head with the beady little eyes was not really looking at me. I was completely unconvinced and began to murmur

Er fragte, wo er Roy finden könne, worauf ich ihm sagte, dass er hier richtig sei. Er sagte, er sei ein alter Freund, der ihn besuchen wollte. Ich wollte von diesem Anblick nicht eine Sekunde verpassen und so rief ich meinem Vater zu, dass ein Cowboy gekommen war, um ihn zu besuchen. Dad kam durch die Seitentür aus dem Haus und stellte sich neben mich. Sie unterhielten sich eine Weile wie lang voneinander getrennte Freunde und Dad schien sehr froh zu sein, diese lebende Legende zu sehen, die er seit ein paar Jahren nicht getroffen hatte.

Meine Augen klebten an diesem großen, schlanken, grauhaarigen Mann, als er ein Bein über das andere schlug, während er im Sattel saß. Schon bald zog er mit einer Hand einen kleinen Beutel Tabak aus seiner Hemdtasche und mit der anderen ein Zigarettenpapier aus einem kleinen Papier-Briefchen. Während er und Dad sich unterhielten, öffnete er den Beutel, schob etwas Tabak in das Papier, welches er zuvor geöffnet hatte, und rollte sich eine Zigarette, die er schließlich anleckte und zuklebte. Er tat all dies mit einer Hand. Mit seinen Zähnen zog er an dem Band, das den Tabakbeutel verschloss, und – immer noch mit einer Hand – stopfte er den Tabakbeutel zurück in seine Tasche. Dann schob er sich die Zigarette in den Mundwinkel, so dass er weiterhin sprechen konnte. Mit der gleichen Hand zog er aus der anderen Hemdtasche ein Streichholz, schnippte seinen Daumen über den Kopf um es anzuzünden und steckte sich die Zigarette an. Ich war vollkommen gefesselt vom Auftreten des Cowboys.

Während sie sich austauschten, wollte er wissen, ob ich das Kind meines Vaters sei, und später im Gespräch überlegte er, ob er mich zu einem Ritt auf seinem Pferd mitnehmen könne. Ich hatte große Lust, genau das zu tun. Ich war so enttäuscht, als Dad ablehnte. Trotzdem war mein Vater so gut drauf, wie ich ihn nie zuvor erlebt hatte. Schon bald darauf verließ uns der Besucher mit dem Versprechen wiederzukommen, wenn er Zeit hätte. Er ging, wie er gekommen war, ritt gemächlich davon in den Sommerdunst. Für mich hat Palenski das Wesen dieses romantischen Cowboys in seinem Bild eingefangen.

Im dritten Bild hat Palenski eine schier unendliche Büffelherde gezeichnet, die Eisenbahngleise überquert und einen Rauch ausspeienden Zug daran hindert, weiter die Schienen entlangzufahren. Man bekommt den Eindruck, dass die Büffel einen Weg gehen, den sie schon lange benutzen und dass das ‚eiserne Pferd' sie nicht aufhalten wird. Riesige Bullen, große Kühe und ihre Kälber bewegen sich zielstrebig ihren Pfad entlang auf den Betrachter loudly whereupon my father picked me up and said that if the buffalo would fall down it would hurt him and I would be safe. I hid inside my father's jacket anyway.

My second memory of these large and wondrous beasts was of the day our parents got us kids ready to go to the grand opening of Elk Island Park, a date they had awaited for a very long time. It took hunters and engineers a very long time to discover how to build a fence strong enough to stop a heard of running buffalo, and to find enough tuberculosis-free buffalo to put into the park. I was about seven years old at the time. We got to the park picnicking area and Mom spread a blanket for us to sit on. By and by, Dad, Mom and us kids wandered over to the tallest fence I had ever seen. As our parents chatted about the history of preparing the park for bringing back the buffalo, and the pros and cons of doing so it was apparent to me that there were no buffalo to be seen. Eventually Mom and the rest of the family wandered back to the blanket where she could manage her smallest children. Dad and I stood around and waited for buffalo to magically appear while he explained that the park was a first of its kind and it was large and not too many buffalo were in the park, and they had just been shipped in so were frightened and might be hiding away in the back. Many more reasons of this kind poured forth in his attempts to keep me interested.

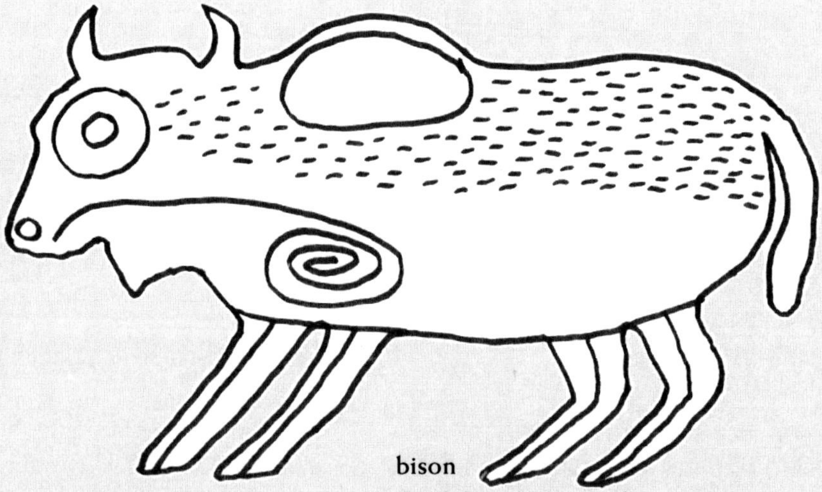

bison
© Ahmoo Angeconeb

zu. Die Erinnerungen, die dieses Bild heraufbeschwört, handeln von Tieren, die so groß sind, dass ich mich als Erwachsene wie ein Zwerg neben ihnen fühle. Obwohl ich als Heranwachsende Wildfleisch, auch Büffel, gegessen habe, ist meine erste Erinnerung an dieses unglaublich große Tier die an einen riesigen Kopf, der über der Eingangstür des *Old Timers* hing. Unsere Familie nahm an einer großen Versammlung von Pioniersfamilien teil, die oberhalb der Furt auf der grasbedeckten Ebene des Nördlichen Saskatchewan-Flusses stattfand. Dies ist die Gegend, die zu der Zeit South Edmonton hieß und jetzt das Strathcona-Gebiet von Groß-Edmonton ist. Meine Großeltern und Eltern versammelten sich zusammen mit anderen Familien an der Tür des Gebäudes. Ich war ungefähr drei Jahre alt und als ich in die Nähe der Tür gelangte, bekam ich Panik, weil ich dachte, dass der riesige Tierkopf mich fressen oder von der Wand fallen und mich töten könnte. Ich muss wohl angefangen haben, vor mich hin zu murmeln, denn sowohl mein Großvater als auch mein Vater fingen an, mir Mut zu machen, und versicherten mir, dass der große Kopf mit den kleinen Perlenaugen mich nicht wirklich ansah. Ich ließ mich nicht überzeugen und begann laut vor mich hin zu murmeln, worauf mich mein Vater hochnahm und sagte, dass der Büffel, falls er herunterfällt, höchstens ihn verletzen würde und ich in Sicherheit wäre. Ich versteckte mich trotzdem in der Jacke meines Vaters.

Meine zweite Erinnerung an diese großen und wundersamen Tiere handelt von dem Tag, an dem unsere Eltern uns Kinder fertig machten, um zur großen Eröffnung des Elk Island Park zu gehen, ein Tag, auf den sie sehr lange gewartet hatten. Jäger und Ingenieure brauchten sehr lange, um herauszufinden, wie man einen Zaun baut, der stark genug ist, eine Herde rasender Büffel zu halten, und um genug nicht an Tuberkulose erkrankte Büffel zu finden und diese in dem Park auszusetzen. Ich war zu der Zeit etwa sieben Jahre alt. Wir gelangten zur Picknickfläche des Parks und Mom breitete eine Decke aus, auf der wir sitzen konnten. Nach und nach gingen Dad, Mom und wir Kinder hinüber zum höchsten Zaun, den ich je gesehen hatte. Als sich unsere Eltern über die Vor- und Nachteile unterhielten und darüber, wie damals der Park angelegt wurde, um die Büffel wieder anzusiedeln, wurde mir klar, dass gar keine Büffel zu sehen waren. Schließlich gingen Mom und der Rest der Familie zurück zur Decke, wo sich Mom um ihre kleinsten Kinder kümmern konnte. Dad und ich standen herum und warteten darauf, dass die Büffel wie durch Zauberei erschienen, während er erklärte, dass der Park einer der ersten seiner Art war, dass er groß war und es dort nicht allzu viele Büffel gab und dass diese gerade dorthin gebracht worden waren und daher so verängstigt waren, dass sie sich hinten im Park versteckten. Noch viele

What he did not say was that there were herders at the back side of the park, inside the fence who were flushing out and moving the buffalo to the front side of the park. What he did do was get down on his knees with his butt in the air, and pressed his ear to the ground. He got up and smiled a little. I could not feel the slight moving of the earth beneath our feet when my father did, however I was listening when he wondered if I could feel the earth moving. I thought this a strange thing to say for about four heartbeats when I could feel the earth begin to move and hear a far away thudding sound coming from under the ground. The ground movements went from small pangings to large poundings; the sound of thudding went from low thrumming to loud thumping. At this point I began to get very nervous, and wondered if this fence was as strong as my parents had said it was. As the sound got louder it filled the air, and the ground jumped up and down wildly. Suddenly the herd of about fifty animals burst through the trees directly in front of us. I took one look at those wild-eyed huge things racing towards us and went straight up my father's side and slung my legs around his neck. I covered his eyes with my arms and he had to work to pry them off so he could see. The buffalo stopped just short of the fence and looked at us, blowing spit and snot and wheezing loudly. They were magnificent.

These Palenski pictures, full of memories, reflect a kind of truce between my father and me. I did not come by them easily. He had been stingy and calculating about things he had given me through the years, and had taken back items, sometimes without explanation. The gift of them came as a complete surprise.

My father received one of the Palenski drawings from the company he worked for, every year for a few years, as he was a surveyor of some note. He got them in recognition of good work well done. He treasured the first one. He showed it to us, then stowed it away somewhere.

andere solcher Gründe strömten aus ihm heraus bei seinem Versuch, mein Interesse aufrecht zu erhalten.

Was er nicht sagte, war, dass dort hinten an der Rückseite des Parks, jenseits des Zauns, Treiber waren, die die Büffel aufscheuchten und zur Vorderseite des Parks trieben. Aber was er tat, war, auf die Knie zu gehen, mit seinem Hintern in der Luft, und sein Ohr auf den Boden zu pressen. Er stand auf und lächelte ein bisschen. Ich konnte das leichte Beben der Erde unter unseren Füßen noch nicht fühlen, als mein Vater es schon konnte; aber ich lauschte, als er mich fragte, ob ich fühlen könne, wie die Erde sich bewegt. Ich dachte, dass es seltsam sei, so etwas zu sagen, aber nur ungefähr vier Herzschläge lang. Dann fühlte ich, wie die Erde zu beben begann und hörte ein weit entferntes trommelndes Geräusch, das den Boden durchdrang. Die Bewegungen des Bodens begannen als kleine Schläge und wurden zu heftigem Stampfen; das trommelnde Geräusch war zunächst ein tiefes Brummen und wurde dann zu lautem Schlagen. Nun fing ich an, sehr nervös zu werden, und fragte mich, ob dieser Zaun so stark war, wie meine Eltern gesagt hatten. Als das Geräusch lauter wurde, erfüllte es die Luft und der Boden bewegte sich wild auf und ab. Plötzlich brach eine Herde von vielleicht fünfzig Tieren aus den Bäumen hervor, die direkt vor uns standen. Ich warf einen Blick auf diese riesigen Wesen mit den wilden Augen, die auf uns zurasten, und kletterte in Windeseile an der Seite meines Vaters hoch und schlang die Beine um seinen Hals. Ich bedeckte seine Augen mit meinen Armen und er musste sich anstrengen, sie herunterzuziehen, damit er etwas sehen konnte. Die Büffel hielten kurz vor dem Zaun und sahen uns an, spuckend und prustend und laut keuchend. Sie waren prächtig.

Diese Palenski-Bilder, voller Erinnerungen, sind wie ein Symbol für eine Art Waffenstillstand zwischen mir und meinem Vater. Ich bekam sie nicht so ohne weiteres. Er war geizig und berechnend bei den Dingen, die er mir über die Jahre gegeben hatte, und hatte Sachen manchmal ohne Erklärung einfach wieder weggenommen. Dass ich diese drei Bilder geschenkt bekam, war völlig überraschend.

Mein Vater erhielt eine Zeit lang jedes Jahr eines der Palenski-Bilder von der Firma, für die er arbeitete, da er ein Vermesser von einigem Rang war. Er bekam sie als Anerkennung für gute, professionelle Arbeit. Er schätzte das erste Bild sehr. Er zeigte es uns und verstaute es irgendwo.

My father was a complex and well-educated man with a wicked temper. He could be kind but more often was cruel and vindictive to other men, and cruel and callous to his children, although he was kindly towards the wife of his youth, our mother. By some stroke of fortune, I was the image of his mother, who died when he was about fourteen. He loved her, and had been her only child because she was of Rh-negative blood type. So, it turned out, was my father. The antibodies in the mother with this blood type fight those of the same blood type in her unborn child. In 1904, when my father was born, it was expected the woman with this blood type would not get pregnant. My grandmother was never a strong woman and must have had a hard time during her pregnancy. Although my father survived his two-and-a-half-pound birth weight she did not survive a hysterectomy a few years later.

As a child he played unkind tricks on others. As a youth his reputation as a bully was well established. He seemed a decent husband but was frustrated by a marriage wherein he could make love to our mother infrequently. When he came back from World War II he frequently chased after me. I often found myself telling our mother that his behaviour was unacceptable and I learned to set rules of behaviour for him and her. However, many years passed without eliciting much better behaviour towards me. The other girls were terrified of him and my brother frequently stayed away from home. It took some time to discover that he would use better behaviour if I challenged him, or directly intervened in a punishment he was dealing out for some small infraction by one of my sisters.

When I was about fourteen, my mother confided a little information that made some sense of Dad's strange behaviour towards me. From the first time he had seen me when I was two, and in the following years he told her that I was the image of his mother. He was both repelled and attracted by the imagery. What he thought of my temperament I do not know. But I do know that he would stop his driving vicious cruelty when I confronted him. Although he was physically mean to me when I was little, when I was older he only once threatened to strike me, when I was about seventeen. He worked hard at verbally abusing me from my earliest years to the day I left home.

Mein Vater war ein komplexer und sehr gebildeter Mann mit einem üblen Temperament. Er konnte liebenswürdig sein, war aber öfter grausam und rachsüchtig gegenüber anderen Männern, und grausam und grob zu seinen Kindern, obwohl er gütig zu unserer Mutter war, die er schon in Jugendtagen geheiratet hatte. Durch eine Laune des Schicksals war ich das Abbild seiner Mutter, die starb als er etwa vierzehn war. Er liebte sie und war ihr einziges Kind gewesen, weil sie Rhesus-negativ war. Genauso, so stellte es sich heraus, war es bei meinem Vater. Die Antikörper einer Mutter mit diesem Rhesus-Faktor bekämpfen jene ihres ungeborenen Kindes, wenn es denselben Rhesus-Faktor hat. Im Jahr 1904, als mein Vater geboren wurde, nahm man an, dass eine Frau mit dieser Blutgruppe gar nicht schwanger werden könnte. Meine Großmutter war nie eine starke Frau gewesen und muss während ihrer Schwangerschaft eine schwere Zeit gehabt haben. Wenngleich mein Vater mit einem Geburtsgewicht von zweieinhalb Pfund überlebte, überstand sie eine Hysterektomie ein paar Jahre später nicht.

Als Kind spielte er anderen unschöne Streiche. Als Jugendlicher war sein Ruf als Rüpel fest etabliert. Er schien ein anständiger Ehemann zu sein, aber er war frustriert von einer Ehe, in der er meine Mutter nur unregelmäßig lieben konnte. Als er aus dem Zweiten Weltkrieg zurückkehrte, jagte er mir ständig nach. Ich sagte meiner Mutter oft, dass man sein Verhalten nicht akzeptieren könne, und ich lernte, Verhaltensregeln für ihn und sie aufzustellen. Trotzdem vergingen viele Jahre, ohne dass sich das Verhalten mir gegenüber besserte. Die anderen Mädchen hatten wahnsinnige Angst vor ihm, und mein Bruder blieb oft von zu Hause weg. Es dauerte eine Weile, bis ich entdeckte, dass er sich besser verhielt, wenn ich mich ihm entgegenstellte oder direkt bei einer Bestrafung dazwischen ging, die er einer meiner Schwestern für ein kleines Fehlverhalten erteilte.

Als ich ungefähr vierzehn war, vertraute mir meine Mutter etwas an, das dem Verhalten von Dad mir gegenüber etwas mehr Sinn verlieh. Seit er mich das erste Mal im Alter von zwei Jahren gesehen hatte, und in den Jahren darauf, sagte er ihr, dass ich das Ebenbild seiner Mutter sei. Er war zugleich abgestoßen und angezogen von dieser Vorstellung. Was er von meinem Wesen hielt, weiß ich nicht. Aber ich weiß wohl, dass er aufhörte mit seiner teuflischen Grausamkeit, wenn ich ihm entgegentrat. Obwohl er physisch grausam zu mir war, als ich klein war, drohte er mir nur einmal an, mich zu schlagen, als ich ungefähr siebzehn war. Er bemühte sich sehr, mich mit Worten zu verletzen, von meiner frühesten Jugend an bis zu dem Tag, an dem ich von zu Hause fort ging.

As a result of his last minor sexual assault when I was fifteen, my mother finally pressed charges against him, and he had to come under a psychiatrist's care. Through therapy he faced issues that destroyed his relationships with others and with me, for I hated him. Although no therapy helped his relationships with my brother and sisters, he appeared to genuinely want my forgiveness for years of sexual harassment and verbal abuse. He asked me to tell him everything he had done to hurt me because he was genuinely sorry for botching my life. Although I little trusted him I agreed to his request.

We talked, or should I say, I talked and he listened. For about a week I talked, and he questioned from time to time, to probe deeper about how his behaviour had affected me. He was appalled, he cried, he asked if I could forgive him about each of the issues I talked about. When I had a clear understanding and belief that he truly wanted to be forgiven I forgave his behaviour in that issue. I also told him that if he ever went back on his promise to treat me with respect, or if he tried to harm any of my sisters, he would regret it. Across time he kept his word.

That fall, I got that first Palenski drawing, which I accepted in trust that he would never again use inappropriate behaviour towards me, or try it on my sisters. Each year, for four years, I received a Palenski print. The first three are grouped together on one office wall, where I am reminded of happy childhood memories. The fourth is in my office also, but I took better care of it. This drawing is on a clean white background; behind glass from the time I took it out of the envelope it came in, after I stopped smoking. It is called *Up The Trail*, and is of a packer urging supply horses up what looks like one of the Rocky Mountains. It reminds me to look up, look around, and stay calm in the face of great danger so that I find peace and rest at the end of each issue I face as a Métis woman.

Als ich fünfzehn war, brachte sein letzter minderschwerer sexueller Übergriff meine Mutter dazu, ihn endlich anzuzeigen, so dass er in psychiatrische Behandlung kam. Durch die Therapie musste er sich Problemen stellen, die sein Verhältnis zu anderen und zu mir zerstörten, denn ich verabscheute ihn. Obwohl keine Therapie seine Beziehung zu meinen Brüdern und Schwestern verbesserte, schien er tatsächlich meine Vergebung für Jahre der sexuellen Belästigung und des verbalen Missbrauchs zu wollen. Er bat mich, ihm all das zu erzählen, was er getan hatte um mich zu verletzen, denn es tat ihm ehrlich leid, dass er mein Leben zerstört hatte. Obwohl ich ihm kaum vertraute, ging ich auf seine Bitte ein.

Wir redeten, oder sollte ich sagen, ich redete und er hörte zu. Etwa eine Woche lang erzählte ich und er fragte ab und zu nach, um noch besser zu verstehen, wie sein Verhalten mir geschadet hatte. Er war entsetzt, er weinte, er fragte, ob ich ihm vergeben könne für jeden Vorfall, über den ich gesprochen hatte. Sobald ich verstand und ihm glaubte, dass er wirklich meine Vergebung wollte, vergab ich ihm sein Verhalten in diesem Zusammenhang. Ich sagte ihm außerdem, dass er es bereuen würde, wenn er jemals sein Versprechen, mich mit Respekt zu behandeln, brechen würde oder wenn er versuchen würde, einer meiner Schwestern weh zu tun. Seitdem hat er sein Versprechen gehalten.

In jenem Herbst erhielt ich dieses erste Palenski-Bild, welches ich akzeptierte in dem Vertrauen darauf, dass er mir gegenüber nie wieder unangebrachtes Verhalten zeigen oder dies bei meinen Schwestern versuchen würde. Vier Jahre lang bekam ich jedes Jahr einen der Drucke von Palenski. Die ersten drei hängen zusammen an einer Wand meines Büros, wo sie mich an glückliche Momente meiner Kindheit erinnern. Der vierte ist auch in meinem Büro, aber ich passte besser darauf auf. Diese Zeichnung befindet sich hinter Glas auf einem sauberen weißen Hintergrund von dem Moment an, als ich aufgehört hatte zu rauchen und sie aus dem Briefumschlag nahm. Sie hat den Namen *Up the Trail* und zeigt einen Mann, der Lastpferde scheinbar einen der Pfade in die Rocky Mountains hinauftreibt. Das Bild erinnert mich daran, aufzusehen, mich umzusehen und ruhig zu bleiben im Angesicht großer Gefahr, so dass ich Frieden und Ruhe finde am Ende jedes Problems, das mir als Métis-Frau begegnet.

LEE MARACLE

Night Skies

Night skies drift over Turtle Island
Dripping dark mournful tones
Waiting for sun to return to kiss the earth
To bathe her in soft frosted yellow light

Night skies fill the space between earths
Warm body and star nations wondering world
Come night sky, come to me love the way I lay
Paint warm black dreams onto my open skin

Night skies come to me bringing memories
Of brown skinned woman facing east
watching sun's rise over billowing sails
Anticipating the ship's visitors, innocent

Come to me night skies, wrap me in black
Loving midnight blue moon paled light
Whisper sweet words soothe my aching body
Warm my heart to my anticipating life.

Night skies come holding breath, crunching
Words of trapped souls stuck here in the pale
Between earth's body and the edge of her breath
trapped souls waiting for their last ride home.

Night skies come sharing the breath of bodies
Bodies bleeding, screaming of blood everywhere
These spirits recant stories of encounters of
the first kind. Hush night, let me rest, hush night

Bayonets glisten in my dark. Sharp cold
Reflective light in the hands of men
Spirits spent they dip steel sticks into the
fragile bodies of women come to greet them.

LEE MARACLE

Nachthimmel

Nachthimmel ziehen über Turtle Island
Triefend von dunklen trauernden Tönen
Warten, dass die Sonne zurückkehrt, um die Erde zu küssen
Um sie zu baden in weichem mattgelbem Licht

Nachthimmel füllen den Raum zwischen der Erde
Warmen Körper und der Sternennationen verwunderter Welt
Komm Nachthimmel, komm zu mir liebe die Art wie ich liege
Male warme schwarze Träume auf meine bloße Haut

Nachthimmel kommen zu mir mit Erinnerungen
An eine braunhäutige Frau, die nach Osten blickt
den Aufstieg der Sonne über sich bauschenden Segeln beobachtet
Und die Gäste des Schiffes erwartet, unschuldig

Kommt zu mir Nachthimmel, umhüllt mich in Schwarz
Liebendes mitternachtsblaues mondbleiches Licht
Flüstert süße Worte beruhigt meinen schmerzenden Körper
Wärmt mein Herz für mein vorauszuahnendes Leben.

Nachthimmel kommen den Atem anhaltend, zersplittern
Worte der gefangenen Seelen, die hier im Begrenzten eingeklemmt sind
Zwischen der Erde Körper und dem Rand ihres Atems
warten gefangene Seelen auf ihre letzte Reise nach Hause.

Nachthimmel kommen und teilen sich den Atem der Körper
Körper bluten, Geschrei des Blutes überall
Diese Geister widerrufen Geschichten von Begegnungen der
ersten Art. Schweig Nacht, lass mich ruhen, schweig Nacht

Bajonette glitzern in meiner Dunkelheit. Schneidende Kälte
Reflektierendes Licht in den Händen der Männer
Geister verbraucht, tauchen sie ihre stählernen Stangen in die
zerbrechlichen Körper der Frauen, die gekommen sind um sie zu begrüßen

Night sky come to me, come to love me
Wrap yourself around me bring me to the place
Where my heart can find the breath to speak
To the women whose blood still paints the soil?

Night sky come to me, come love me that I might
Lay tobacco out – face these women
Hear them tell me the ceremony they need
To call Star Nations to take them home.

Night sky come to me, reach for my breath's origin
Fill me with the voice I need to sing the song
That will conjure the star trail these women need
To make that long journey home – come night sky.

Night skies' velvet touch dances across
my dreaming beauty, awakens ceremony
– frees my spirit, settles the quandary
of the entrapped spirit women dancers.

Night sky comes, grabs moonbeams
Layers them between star nation and earth
Night whispers come home child – come home
Leave this island with its blood, its cold & its death

Night skies return breathing dreams
Of love, of life, of future, removing the
Spiritual residue of blood, of death
awakening my body to sun, to wind, to song

Nachthimmel komm zu mir, komm mich zu lieben
Hülle dich um mich bring mich zu dem Ort
Wo mein Herz den Atem finden kann um zu sprechen
Zu den Frauen deren Blut immer noch die Erde färbt?

Nachthimmel komm zu mir, komm liebe mich, dass ich
Tabak auslegen kann – diesen Frauen gegenübertreten kann
Hören kann wenn sie mir sagen, welche Zeremonie sie brauchen
Um die Sternennationen zu rufen, sie heim zu holen.

Nachthimmel komm zu mir, greife nach meines Atems Ursprung
Erfülle mich mit der Stimme, die ich brauche um das Lied zu singen
Das den Sternenpfad beschwört, den diese Frauen brauchen
Um jene lange Heimreise zu bewältigen – komm Nachthimmel.

Der Nachthimmel samtige Berührung tanzt über
meine träumende Schönheit, ruft Zeremonie wach
– befreit meinen Geist, löst die Not
der gefangenen Geistertänzerinnen.

Nachthimmel kommt, ergreift Mondstrahlen
Schichtet sie zwischen der Sternennation und der Erde
Nacht flüstert komm nach Hause Kind – komm nach Hause
Verlasse diese Insel mit ihrem Blut, ihrer Kälte & ihrem Tod

Nachthimmel kehren zurück, atmen Träume
Von Liebe, von Leben, von Zukunft, entfernen den
Spirituellen Rest von Blut, von Tod
erwecken meinen Körper der Sonne, dem Wind, dem Gesang

Remembering Memory

These walls hold an old shrill voice
vocal chords stretched tight
thick with desperation
it struggles to squeeze truth from death under faint signals of peace

sometimes the voices haunt the dense air
on these days the mournful sound seeks a body
wanders over to mine, enters, travels the length of me
and then looks for an exit

from the acid scrape of this ghost's desperation
whose truth leaks through a high-pitched parched throat
my muscles tighten
pulls at the lies under my skin

The voice of peace muted
the memories cling and
hold tight to skin cells who seek escape from this terrible recall
that has been my story

I slide my eyes across the invisible ghostscape
force appropriate courtesy from my lungs
I sound like someone who conjures manner from rancid words
boxed to look like gifts

my skin peels off clipped short phrases
to renounce Aggression,
the dirties of wars that murdered my ancestors and even now
kill someone else's

Erinnernde Erinnerung

Diese Mauern halten eine alte schrille Stimme
die Stimmbänder straff gespannt
voller Verzweiflung
sie kämpft darum, Wahrheit aus dem Tod unter schwachen Zeichen
        des Friedens zu quetschen

manchmal ist die dichte Luft von den Stimmen durchdrungen
an diesen Tagen verlangt der wehmütige Klang nach einem Körper
wandert herüber zu meinem, dringt ein, bereist mich der Länge nach
und sucht dann nach einem Ausgang

aus dem ätzenden Kratzen der Verzweiflung dieses Geistes
dessen Wahrheit durch eine schrille, ausgetrocknete Kehle sickert
spannen sich meine Muskeln an
zerrt an den Lügen unter meiner Haut

Die Stimme des Friedens verstummt
die Erinnerungen klammern und
halten sich fest an Hautzellen, die einen Ausweg suchen aus diesem
        schrecklichen Erinnern
das meine Geschichte ist

Ich lasse meine Augen über die unsichtbare Geisterlandschaft gleiten
zwinge angemessene Höflichkeit aus meiner Lunge
Ich klinge wie jemand, der Manieren aus ranzigen Worten
        heraufbeschwört
verpackt um wie Geschenke auszusehen

meine Haut sondert abgehackte kurze Phrasen ab
um der Aggression abzuschwören,
dem Unrat der Kriege, die meine Vorfahren ermordeten und eben jetzt
jene von jemand anderem umbringen

Salmon Dance, Spring 2000

I

There are no mountains to backdrop or reference where I am
Heat curdles the food inside my belly
I squint under the glare of Visalia's brutal summer sun.

Karen sits stoutly in a chair; the laughter textures her voice
"Here he comes," like it is some shared secret – I look
Through the speckled light of walnut trees there is this smile
a voice saying, "Hey-ay, Karen"

Cheam's winds whirl
Westwind collides with Cheam's breath
They yarn themselves together.
Braid my desire to the
dance going on inside
they play with my heart
sing salmon songs of promise
I float from the top of Se-ealth's mountains to this valley
of sage
of dust
of sun
to some other place of heat
of promise
of whirlwind romance.

I now know why them people call it falling in love

Lachstanz, Frühjahr 2000

I

Es gibt keine Berge als Hintergrund oder Anhaltspunkt dafür, wo ich bin
Hitze lässt das Essen in meinem Bauch gerinnen
Ich blinzele unter dem gleißenden Licht der brutalen Sommersonne Visalias.

Karen sitzt breit in einem Sessel; in ihrer Stimme klingt Lachen
„Hier kommt er", als wäre es irgendein gemeinsames Geheimnis – Ich schaue
In den Lichtflecken der Walnussbäume ist dieses Lächeln
eine Stimme sagt, „Hey-ay, Karen"

Cheams Winde wirbeln
Westwind stößt mit Cheams Atem zusammen
Sie verspinnen sich selbst miteinander.
verflechten mein Verlangen mit dem
Tanz, der sich drinnen abspielt
sie spielen mit meinem Herzen
singen verheißungsvolle Lachslieder
Ich gleite vom Gipfel des Se-ealth-Gebirges in dieses Tal
von Salbei
von Staub
von Sonne
zu einem anderen Ort der Hitze
der Verheißung
der Wirbelwind-Romanze.

Nun weiß ich, warum die Menschen dies ‚sich Hals über Kopf verlieben' nennen

II

the kitchen is full of women
they wonder about their mom
complain about their dad
I ache

Karen's blood relatives from a clutch
my dad pretends he is not
Art scowls accepting responsibility for burying
the mother of his children
grimly determined to do the right thing.

My mother pretends she's ok
she's not
She wonders what she did, what she didn't do
to prevent this moment with its sharp edges
from becoming realty.

My sister grieves not knowing our elder sister as an adult
Karen left when she was a child – you were always so lucky
you got to know her as an adult
you always were so privileged
I wonder how much bigger such luck makes my loss

I stare at Karen, my mind screaming

We fit
Didn't we just fit
our likes and dislikes so dovetailed.
We fit, why couldn't you see that, feel it
our spirits, our hearts, our minds
just neatly coalescent

I have to leave this room of business
of pretense,
of hurt
the porch looks so good.

II

die Küche ist voller Frauen
sie machen sich Gedanken über ihre Mutter
beschweren sich über ihren Vater
es tut mir weh

Karens Blutsverwandte aus einer Brut
mein Vater tut so, als sei er es nicht
Art blickt finster drein, während er die Verantwortung übernimmt
für das Begräbnis
der Mutter seiner Kinder
eisern entschlossen, das Richtige zu tun

Meine Mutter tut so, als ob es ihr gut ginge
das stimmt nicht
Sie fragt sich, was sie getan hat, was sie nicht getan hat
um zu verhindern, dass dieser Augenblick mit seinen scharfen Kanten
Wirklichkeit wird.

Meine Schwester trauert, unsere ältere Schwester nicht als Erwachsene
gekannt zu haben
Karen ging, als sie ein Kind war – du hast immer so ein Glück gehabt
du hast sie als Erwachsene kennen gelernt
du warst immer so privilegiert
ich frage mich, wie viel größer dieses Glück meinen Verlust macht

Ich starre Karen an, meine Gedanken schreien

Wir passten zusammen
Passten wir nicht einfach zusammen
unsere Neigungen und Abneigungen so nahtlos ineinander greifend.
Es passte mit uns, warum konntest du das nicht sehen, es fühlen
unsere Seelen, unsere Herzen, unser Denken
einfach nahtlos verschmolzen

Ich muss raus aus diesem Raum von Geschäftigkeit
von Scheinheiligkeit,
von Schmerz
die Veranda sieht so verlockend aus.

I didn't see you arrive
so the "hay-ay" catches me off guard
my smile escapes despite the shards of glass
paining my face
"do I get a hug" the additional vowels as always excite
I do so need to be held
"I am so sorry we have to see each other again this way"
I hold on
Hold onto your sound, your breath curling about my ears
taking me away from this moment

My body betrays the funeral, excitement swells
"Jesus, at your sister's funeral – for Christ sake"
I hold on
I need this now

East wind's grace lolls about my skin
the scent of sage is pale
the dust palpable
the loving so settling
so oddly wonderful in this terrible dark

Ich hab dich nicht kommen sehen
so überrascht mich das „Hay-ay"
ein Lächeln entflieht mir trotz der Glasscherben
die mein Gesicht schmerzlich berühren
„bekomme ich eine Umarmung" die zusätzlichen Laute erregen wie immer
Ich brauche es so, gehalten zu werden
„Es tut mir so leid, dass wir uns auf diese Weise wiedersehen müssen"
Ich warte
Bleibe haften an deinem Klang, deinem Atem, der sich an meinen Ohren
entlang windet
und mich wegführt von diesem Augenblick

Mein Körper verrät das Begräbnis, Erregung steigt auf
„Oh mein Gott, auf der Beerdigung deiner Schwester – um Himmels Willen"
Ich warte
ich brauche das jetzt

Des Ostwinds Anmut räkelt sich auf meiner Haut
der Duft des Salbeis ist blass
der Staub fühlbar
das Lieben so beruhigend
so seltsam wunderbar in diesem fürchterlichen Dunkel

III

Los Angeles city centre is deserted – riots they say
Rodney King
A video
a court case and a declaration of innocence
sparked this ghost-town-like-LA streets
I sprinkle tobacco all over the emptied sidewalks of LA downtown
I wander
Try to think about you
Try to call
Try to persuade myself you have not married again
I spill prayers
of desire, whisper quiet words of hope onto the hopelessness
of downtown LA's stones
must now feel

When all else fails couple of beers will drop the defenses

„Hay-ay, Lee, good to hear your voice"
South wind's breath trails through the sound he makes

„Can I visit you sometime?"

Sure, you know you're always welcome here.
Anytime

I never asked who else would be there to greet me.

III

Los Angeles' Stadtzentrum ist verlassen – Aufstände sagen sie
Rodney King
Ein Video
eine Gerichtsverhandlung und eine Unschuldserklärung
entzündeten diese geisterstadtähnlichen Straßen von LA
Ich streue Tabak über die ganzen leeren Bürgersteige von LAs Innenstadt
Ich streife umher
Versuche über dich nachzudenken
Versuche anzurufen
Versuche mir einzureden, dass du nicht wieder geheiratet hast
Ich schütte Gebete
des Verlangens aus, flüstere stille Worte der Hoffnung in die Hoffnungslosigkeit
der Steine von LAs Innenstadt
muss jetzt fühlen

Wenn alles andere versagt, werden ein paar Bierchen den Widerstand brechen

„Hay-ay Lee, schön deine Stimme zu hören"
Des Südwinds Atem bahnt sich den Weg durch die Laute, die er von sich gibt.

„Kann ich dich mal besuchen?"

Na klar, du weißt, dass du hier immer willkommen bist.
Jederzeit

Ich habe nie gefragt, wer noch da sein würde, mich zu begrüßen.

IV

I am home
snow quite muffles the ache for you
West wind brings fresh storms
whirling howls of yearning breath
mountains of excitement
freezing rain
high winds
and finally spring punches a hole in the icy air
the plane rises
it lands
I move to greet you
You tap your lips
we kiss

„What do you want to do? It's up to you"
I thought I was up to my life
Thought I could make decisions
willfully
these words ring oddly foreign in my ear
I like the sound of them but find it difficult
to rise to the level of love my life has now established.

The week burns holes in time
Races to a close

Wait,
one more minute
one more second,
one more touch
look smile
kiss
one more ...

IV

Ich bin zu Hause
Schnee dämmt den Schmerz nach dir recht gut
Der Westwind bringt neue Stürme
wirbelndes Geheul eines sehnsüchtigen Atems
Berge der Erregung
gefrierenden Regen
heftige Winde
und schließlich schlägt der Frühling ein Loch in die eisige Luft
das Flugzeug hebt ab
es landet
Ich bewege mich dich zu grüßen
Du tippst deine Lippen an
wir küssen uns

„Was willst du machen? Es liegt bei dir"
Ich dachte, ich hätte mein Leben im Griff
Dachte, ich könne Entscheidungen treffen
mit Verstand
diese Worte klingen seltsam fremd in meinen Ohren
Ich mag ihren Klang aber finde es schwierig
mich auf die Stufe der Liebe zu heben, die mein Leben nun erreicht hat.

Die Woche brennt Löcher in die Zeit
Rast auf das Ende zu

Warte,
noch eine Minute
noch eine Sekunde,
noch eine Berührung
ein Blick ein Lächeln
ein Kuss
noch ein …

snippet 2 – 04-00

words are crucial

I stop to rest, knee deep in snow
gold laced shallow minds
watch
holler names
squaw, tomahawk chop,
Cleveland Indians as I rest
back bent knees floating on the white crust below

hot beads of sweat on skin carve
cold sand-paper tracks

words are crucial
words kiss lips
    inspire movement
    cross minds
    impose inertia
elevate or reduce the standard of normal

snow breathes, buoys my body
crystallizes, tickles the air above my skin
opens my eyes
diamonds of clarity forms behind them
and restores breath

Schnipsel 2 – 04-00

worte sind entscheidend

Ich halte an, um mich auszuruhen, knietief im Schnee
in Gold geschnürte oberflächliche Gedanken,
passe auf
rufe Namen,
Squaw, Tomahawk-Schlag,
Cleveland Indians wie ich ruhen sich aus
Rücken gebeugt Knie schwebend auf der weißen Kruste darunter

heiße Schweißperlen auf der Haut schneiden
kalte Schmirgelpapierspuren

Worte sind entscheidend,
Worte küssen Lippen
erzeugen Bewegung
kreuzen Gedanken
erzwingen Reglosigkeit
erweitern oder begrenzen die Norm des Normalen

Schnee atmet, gibt meinem Körper Auftrieb
kristallisiert, kitzelt die Luft über meiner Haut
öffnet meine Augen
formt Diamanten der Klarheit hinter ihnen
und stellt den Atem wieder her

NEAL MCLEOD

Preface to *Gabriel's Beach*

After 1885, many of the Cree and Métis leaders were in prison, dead or in exile. John A. MacDonald spoke: "Let the red man know the white man runs the country." Children were made to watch the eight men get hung in Battleford. They say that as Wandering Spirit was about to be hanged, his neck fell, and his wife held up their son, and finished the Death Song. It is said that guns and horses were taken from the Crees throughout the territory of the great river, *kisiskâciwân*.

They put all of the eight in a grave of cement, so their bodies could not be recovered. Every winter these men are still honoured and feasted. They were sons that paid a dear price for the loss of the river.

We dream these deaths as a people, and mourn forever the loss of the river. These dreams come to me as I sleep on Gabriel's Beach every night.

I closed my eyes and dreamt of Gabriel's Beach. I grabbed loose bullets from the beach, sand slipped through my fingers and fell. My hands were rough and textured. The small pieces of sand left tracks. I felt the anger pulse through my hand. These lost bullets found a home in my flesh.

NEAL MCLEOD

Vorwort zu *Gabriels Strand*

Nach 1885 waren viele Anführer der Cree und Métis im Gefängnis, tot oder im Exil. John A. MacDonald sagte: „Lasst den Roten Mann wissen, dass der Weiße Mann im Land das Sagen hat." Kinder wurden gezwungen zuzuschauen, wie man die acht Männer in Battleford erhängte. Es heißt, dass Wandering Spirits Kopf sank, als er gehenkt werden sollte, und seine Frau hielt seinen Sohn hoch und sang das Todeslied zu Ende. Es heißt, dass den Crees Gewehre und Pferde genommen wurden, im gesamten Territorium des großen Flusses, *kisiskâciwân*.

Sie legten alle acht in ein Grab aus Zement, so dass man ihre Leichen nicht bergen konnte. Jeden Winter werden diese Männer noch mit einem gemeinsamen Essen geehrt. Sie waren Söhne, die einen hohen Preis für den Verlust des Flusses zahlten.

Wir träumen von diesen Toden als ein Volk und betrauern auf ewig den Verlust des Flusses. Diese Träume kommen jede Nacht zu mir, wenn ich auf Gabriels Strand schlafe.

Ich schloss meine Augen und träumte von Gabriels Strand. Ich griff lose herumliegende Gewehrkugeln vom Strand, Sand rann durch meine Finger und fiel. Meine Hände waren rau und gefurcht. Die kleinen Sandkörner hinterließen Spuren. Ich fühlte die Wut durch meine Hand pulsieren. Diese verlorenen Kugeln fanden eine Heimat in meinem Fleisch.

Sleeping on Gabriel's Beach

my body knows no rest
and I sleep no more
my eyes cannot close the sky
my unrest moves me
without end

I grow tired of trying
to pull together
moments that no longer
fit together
I grow tired of holding fire
grow old, crack
fall from my body

the only place
that I can sleep
is Gabriel's beach
metal bodies
and flesh bodies
torn open
to the wind and skies

I sleep in this gutted tomb
my body
feels warm water
rush over me
I feel the pain pass away
even for a moment

exploding shells
become stars
my eyes close the sky
and I sleep well

Schlafen auf Gabriels Strand

mein körper kennt keine ruhe
und ich schlafe nicht mehr
meine augen können den himmel nicht verschließen
meine unruhe bewegt mich
ohne ende

ich werde des versuchens müde
momente zusammenzuhalten
die nicht länger
zusammenpassen
ich werde immer müder mich zurückzuhalten
werde alt, zerbreche
falle aus meinem körper

der einzige ort
an dem ich schlafen kann
ist Gabriels Strand
körper aus metall
und körper aus fleisch
aufgerissen
zum wind und den himmeln

ich schlafe in diesem ausgenommenen grab
mein körper
fühlt warmes wasser
über mich strömen
ich fühle den schmerz vergehen
wenn auch nur für einen moment

explodierende granaten
werden zu sternen
meine augen verschließen den himmel
und ich schlafe gut

When the Soldiers Came

when the soldiers came
the country changed
the water of the river
the old men had died
to protect the younger ones

when the river ran crimson
everything changed
after we lost the river
the promises of the Treaties were
broken and shattered
we could no longer hunt buffalo

we could no longer be men
like our ancestors
in the way
that we had known for generations
we were not only stripped of our land
but we were stripped of our honour

when the river was lost
the song of the original dawn
became quiet and distant
and our bodies
became dry
away from this life water

Als die Soldaten kamen

als die soldaten kamen
veränderte sich das land
das wasser des flusses
die alten männer waren gestorben
die jüngeren zu schützen

als der fluss blutrot floss
veränderte sich alles
nachdem wir den fluss verloren
wurden die versprechen der Verträge
gebrochen und zerschlagen
wir konnten nicht länger büffel jagen

wir konnten nicht länger männer sein
wie unsere vorfahren
auf die weise
die wir seit generationen gekannt hatten
uns wurde nicht nur unser land genommen
sondern uns wurde auch unsere ehre genommen

als der fluss verloren war
wurde das lied der ersten morgenröte
still und fern
und unsere körper
trockneten aus
fern von diesem lebenswasser

Your Body Holds the Flight of My Soul

your kisses take me
beyond the latitudes of my soul
your body maps
the journey of my soul
to find the lost river

I kiss you from a great lonely hunger
that only your tongue
can move to speak away.
your tongue on mine
slow touch, like lonely birds
in great blue sky
coming together
to feel the flight of the other

your hands opened
my soul from a great sleep
hidden far in my dreams
that hid a fractured gentleness
scarred skin becomes alive again
as you held me
like you held ancient stars
that could never end.

I heard something above
fly quickly, a burst of movement
cut the empty space, and gave it form
I wondered what soul this movement held
inside of you
I dreamt the secrets
of a lost river
and touched the earth of your skin
to find my way home

Dein Körper trägt den Flug meiner Seele

deine küsse tragen mich
hinweg über die breiten meiner seele
dein körper zeichnet
die reise meiner seele nach
den verlorenen fluss zu finden

ich küsse dich aus einem großen einsamen hunger
den nur deine zunge dazu
bewegen kann, sich fort zu sprechen.
deine zunge auf meiner
langsame berührung, wie einsame vögel
im großen blauen himmel
sich versammelnd
um den flug des anderen zu fühlen

deine hände befreiten
meine seele aus einem großen schlaf
verborgen tief in meinen träumen
die eine zerbrochene zartheit verbargen
vernarbte haut wurde wieder lebendig
als du mich hieltest
als ob du uralte sterne hieltest
die nie verglühen könnten.

ich hörte über mir etwas
schnell fliegen, eine plötzliche bewegung
zerschnitt den leeren raum, und gab ihm form
ich fragte mich, welche seele diese bewegung erfasste
in deinem inneren
ich träumte die geheimnisse
eines verlorenen flusses
und berührte die erde deiner haut
um meinen weg nach hause zu finden

Cîhcam

cîhcam, mother of Gabriel
cîhcam, daughter of *masâskâpaw*
"toes touching the bottom of the water"
my uncle Burton Vandall told me
water never leaving the sight of sky
cîhcam, niece of *atâhk-akohp*
Star Blanket, one of the chiefs
of the *wâskahikan-iyiniwak*, House People

cîhcam, her body was our blanket
gave us life and language
brought Stars from the sky
brought our souls from deep oceans
to the water of our birth
cîhcam was *mosôm's* Gabriel's mother
cîhcam was grandmother to us all

there is a book written
blue binding and loose stitching
about her uncle *atâhk-akohp*
the northern Star Blanket
from around Prince Albert
black drawings
with boxes of connects
name her as 'unknown daughter'
but we know her as *kôhkom cîhcam*

cîhcam did not take Treaty
êkâ ê-âkimiht, 'not counted'
not counted by Treaty

some of our relatives lived by *waskisiw*
hunting ground
place of rest in the world
lived in bush
trademarked now as a park

Cîhcam

cîhcam, mutter Gabriels
cîhcam, tochter von *masâskâpaw*
„zehen berühren den grund des wassers"
erzählte mir mein onkel Burton Vandall
wasser, das nie die sicht des himmels verlässt
cîhcam, nichte von *atâhk-akohp*
Star Blanket, einem der häuptlinge
der *wâskahikan-iyiniwak*, House People

cîhcam, ihr körper war unsere decke
gab uns leben und sprache
brachte Sterne vom himmel
brachte unsere seelen aus tiefen meeren
zum wasser unserer geburt
cîhcam war *mosôms* Gabriels mutter
cîhcam war unser aller großmutter

ein buch ist geschrieben
blauer einband und lose heftung
über ihren onkel *atâhk-akohp*
den nördlichen Star Blanket
aus der gegend um Prince Albert
schwarze zeichnungen
mit kästchen und verbindungslinien
bezeichnen sie als ‚unbekannte tochter'
aber wir kennen sie als *kôhkom cîhcam*

cîhcam unterzeichnete keinen Vertrag
êkâ ê-âkimiht, ‚nicht gezählt'
nicht gezählt im Vertrag

einige unserer verwandten lebten beim *waskisiw*
jagdgebiet
ort der ruhe in der welt
lebten im busch
der jetzt als naturpark ausgewiesen ist

Grey Owl chased out Indians
to save the Beaver
movie-reel Indians
chase Real Indians
from folds of lakes
and curves of bush

land becomes heavy
with new words
old stories become distant
quiet whispers in tired mouths
new names fill the trees
game laws cut trap lines
iron tracks pass over
lines of hunter's sleep

wind across the body
dries my cracking limbs
heavy like trees
can no longer trace the stars
in the sky
nor bring the water to the sky
old names become cold whispers
from our cold mouths
which can no longer speak
old name memories

Grey Owl jagte Indianer davon
um den Biber zu retten
Film-Indianer
verjagen Echte Indianer
aus den buchten der seen
und den biegungen des dickichts

land wird schwer
von neuen wörtern
alte geschichten werden fremd
leises flüstern in müden mündern
neue namen füllen die bäume
jagdgesetze zerschneiden jagdreviere
eiserne fährten verlaufen über
das revier im schlaf eines jägers

wind über dem körper
trocknet meine knackenden glieder
schwer wie bäume
kann nicht mehr den sternen
am himmel folgen
noch das wasser zum himmel bringen
alte namen werden kaltes geflüster
aus unseren kalten mündern
die nicht länger sprechen können
alter namen erinnerungen

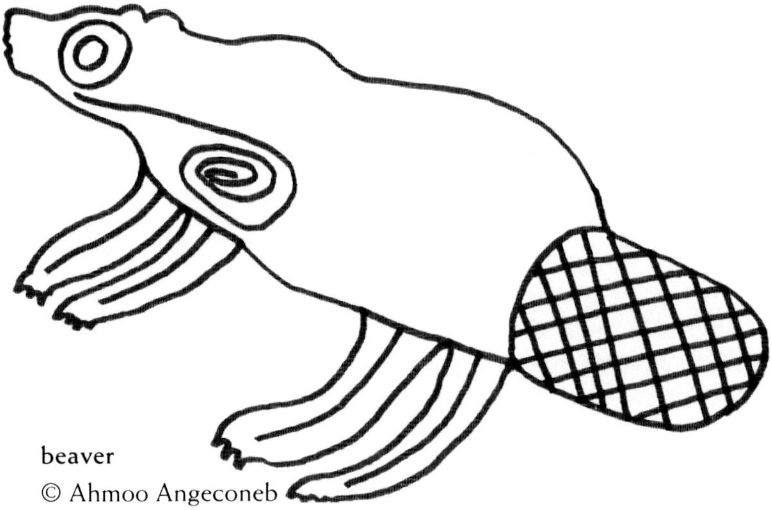

beaver
© Ahmoo Angeconeb

cîhcam, her words and stories
raise the earth through her lips
ancient poetic pathways
under her kitchen table
thrown blanket over
put rocks on skillet floor
improvised ceremony

cîhcam gave back air to lungs
sun back to sky
brought sanctuary of stories
and thick Cree poems
she is our blanket
of stars and takes us
to the edge of words
and the beginning of songs

we are her living body
storytellers and poets
hold traces of her
her echoes and songs

give form
to the moment of our birth
warm us
with blankets of stars
wake sleeping water
to the sky

cîhcam, ihre worte und geschichten
erheben die erde durch ihre lippen
uralte poetische pfade
unter ihrem küchentisch
mit der darüber geworfenen decke
legte steine auf bratpfannenboden
improvisierte zeremonie

cîhcam gab lungen luft zurück
sonne zurück dem himmel
bot zuflucht in geschichten
und starken Cree gedichten
sie ist unsere decke
aus sternen und führt uns
an die grenze von wörtern
und den anfang von liedern

wir sind ihr lebender körper
geschichtenerzähler und dichter
tragen spuren von ihr
ihre echos und lieder
geben gestalt

dem augenblick unserer geburt
wärmen uns
mit sternendecken
erwecken schlafende wasser
dem himmel

DUNCAN MERCREDI

sidewalk blues

I'm in between beers
no reason
just a need to take a break
see the world from another view
other than from the sidewalk level
I've done this before you know
catching myself before drowning
did it some years back
realized I was seeing the world through smoke filled eyes
and voices became muted as I debated within myself
so
I took a break
not knowing it would last this long
and even before that
when I tried that rolled up dollar bill
letting the white dust travel to my brain
wasn't much to it I found
and gave up that experiment real quick
then there was that time when my trips came in paper form
letting the visions melt on my tongue
placed there like some sacrament
held many conversations with jesus and others like him
all the while I tried to keep the walls from collapsing around me
of course then there were those times when I sought a vision quest
using mushrooms to guide me
that's when I found I could fly
and I danced with the northern lights
a day later I was still rocking gently on the lake
and the midnight song followed me home
but that was then
now I'm between beers
waiting to take that next step
tentatively walking the red path
wanting to see the vision clearly
so I can fly without assistance

DUNCAN MERCREDI

gehweg blues

ich zwischen zwei bieren
kein grund
nur das bedürfnis eine pause zu machen
die welt aus einem anderen winkel zu sehen
nicht nur vom gehweg aus
ich habe das schon mal gemacht weißt du
mich wieder zu fangen bevor ich ertrinke
tat es vor einigen jahren
erkannte dass ich die welt mit rauchgefüllten augen sah
und stimmen wurden leiser während ich nur im innern debattierte
also
machte ich eine pause
ohne zu wissen dass sie so lange dauern würde
und sogar davor
als ich diese aufgerollte dollarnote ausprobierte
den weißen staub in mein gehirn wandern ließ
brachte nicht viel fand ich
und gab dieses experiment sehr schnell wieder auf
dann gab es die zeit als meine trips in papierform kamen
und die visionen auf meiner zunge zergehen ließen
dorthin gelegt wie eine art sakrament
führte viele gespräche mit jesus und anderen wie ihm
die ganze zeit versuchte ich die wände daran zu hindern um mich
herum einzustürzen
natürlich gab es diese zeit als ich nach einer visionssuche strebte
und pilze benutzte um mich zu führen
da fand ich heraus dass ich fliegen konnte
und ich tanzte mit dem nordlicht
am nächsten tag schaukelte ich noch immer sanft auf dem see
und das mitternachtslied folgte mir nach hause
aber das war damals
jetzt bin ich zwischen zwei bieren
warte darauf jenen nächsten schritt zu tun
folge bedachtsam dem roten pfad
um die vision klar zu sehen
damit ich ohne hilfe fliegen kann

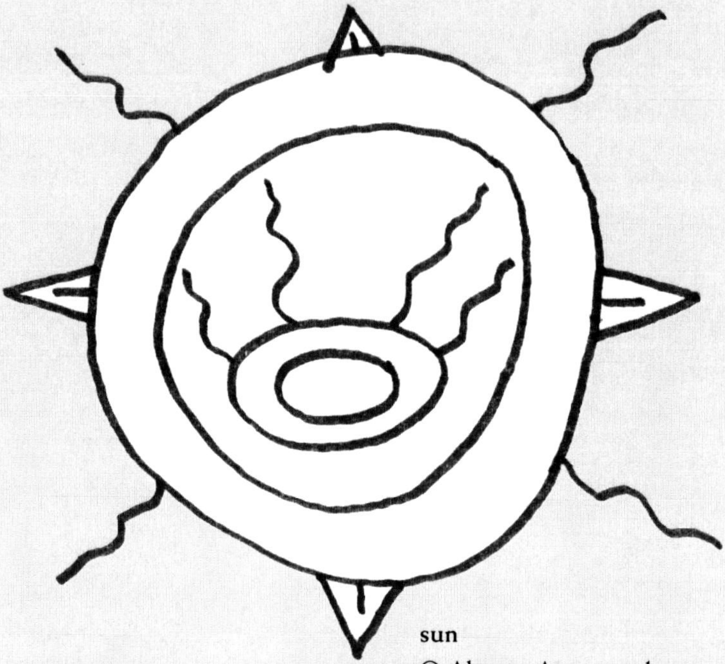

sun
© Ahmoo Angeconeb

2008 tibet

the symbols of peace walked the street
to be met by gunfire
and those that wield power
blamed the dead

who speaks for them
who cries
who

symbols of peace
covered in blood
the dove cries

tibet 2008

die symbole des friedens gingen auf die straße
um von gewehrfeuer empfangen zu werden
und die welche die macht ausüben
beschuldigten die toten

wer spricht für sie
wer weint
wer

symbole des friedens
blutbedeckt
die taube weint

DANIEL DAVID MOSES

Two Flood Stories from *Aazhoodena*

Excerpted from the stage play *Aazhoodena, the Place of the Heart Project* by Daniel David Moses and David McLaren.

On 6 September 1995, 'Dudley' George, one of a group of peaceful protestors occupying Ipperwash Provincial Park on the shore of Lake Huron in southern Ontario, was killed by police action, the only such killing (I believe) in Canada in the twentieth century. The occupation was an effort to retrieve land taken from the Stoney Point Indian Band under the War Measures Act during the Second World War. In the play NUG is Dudley George's father, JEN is the ghost of his mother. The scene is the beach at Stoney Point, the time night before the rising of the sun, this September 7th.

NUG checks the fire.

NUG: 'The great flood of war' – and us washed up, floating in the flood?

The one I remember is the one where Nanabush survives. Yeah? He ends up, maybe not for forty days and nights, but, hey, for maybe longer, floating around, hanging on, hanging onto a big old log.

But the point is that Nanabush isn't alone on his log. Other strong swimmers and fliers latch on and rest with him a while. A whole bunch of animals and birds who, of course, because this is one of those stories, are able to talk like people. The Loon's there, Mink too, and Otter, the Turtle, little Muskrat, and maybe a few more.

Sometimes, in these stories, Nanabush can be a bit of a dink, and the animals either already know it or learn it in an unfortunate way. In this one, though, things are so desperate, the animals listen to him when he says all he needs is a handful of earth to build them someplace solid and dry to stand on.

DANIEL DAVID MOSES

Zwei Flut-Geschichten aus Aazhoodena

Auszüge aus dem Bühnenstück *Aazhoodena, the Place of the Heart Project* von Daniel David Moses und David McLaren.

Am 6. September 1995 wurde ‚Dudley' George, Mitglied einer Gruppe friedlicher Demonstranten, die den Ipperwash Provincial Park an der Küste des Huron-Sees im südlichen Ontario besetzten, während eines Polizeieinsatzes getötet, das einzige derartige Vorkommnis (glaube ich) in Kanada im zwanzigsten Jahrhundert. Die Besetzung war der Versuch, Land zurückzugewinnen, das dem Stoney-Point-Stamm infolge des *War Measures Act* während des Zweiten Weltkrieges genommen worden war. Im Stück ist NUG Dudley Georges Vater, JEN ist der Geist seiner Mutter. Die Szene spielt am Strand bei Stoney Point, es ist der 7. September, nachts kurz vor Sonnenaufgang.

NUG schaut nach dem Feuer.

NUG: ‚Die große Flut des Krieges' – und wir, umhergespült, treibend in den Fluten?

Die, an die ich mich erinnere, ist die, in der Nanabush überlebt. Klar? Am Ende, vielleicht nicht ganz vierzig Tage und Nächte, aber, hey, vielleicht auch länger, treibt er schließlich herum, hält durch, hält sich fest an einem großen alten Baumstamm.

Aber die Sache ist die, dass Nanabush nicht alleine auf diesem Stamm ist. Andere starke Schwimmer und Flieger hängen sich dran und ruhen eine Weile mit ihm aus. Eine ganze Menge Tiere, die natürlich – denn dies ist eine jener Geschichten – sprechen können wie Menschen. Seetaucher ist da, Nerz auch und Otter, Schildkröte und die kleine Bisamratte, und vielleicht ein paar mehr.

Manchmal kann Nanabush in diesen Geschichten ein bisschen trottelig sein, und die Tiere wissen das entweder schon oder erfahren es auf eine unangenehme Weise. Diesmal ist die Lage jedoch so verzweifelt, dass die Tiere ihm zuhören, als er sagt, dass alles, was er braucht, eine Handvoll Erde ist, um ihnen einen festen und trockenen Fleck zu schaffen, auf dem sie stehen können.

And he does go first, tries to dive down to the bottom of the flood, down to the mud. And he fails. And each of them strong swimmers tries to do the job too, and each of them also can't quite go deep enough or quick enough, not even Loon or Otter. Finally, Muskrat offers to try, and everyone laughs at him, since he's the smallest of the bunch, but Nanabush tells them, No, don't be mean, don't be cruel, you don't know what he can do. So brave little Muskrat dives down and is gone, and takes so long, finally everyone's sure he's drowned. And he has, they see, when his lifeless body floats up. But in his paw, there's the mud they need.

And Nanabush puts the mud on Turtle's back and sings with the winds and dances around, creating this place we live, our island in the flood on the turtle's back.

It may be that Dudley's that muskrat. Do you think his death is bringing up a little muddy bit of the truth? Let's hope Nanabush uses it to build us land to stand on.

[...]

JEN haunts the burial ground.

JEN: When He did it before, in the Bible, He gave the good guys, Noah and his family, the heads up. Build an Ark, get out alive. A great flood's on the way, great enough to cover the earth and wash away all the sin and wickedness. So aren't we good guys too? "Build an Ark, see," God tells Noah. "You, your lady, your boys and their ladies will all live." Me and my family, us, we don't all get out alive. And we're not bad, I know we're not. Sure, some of us drink too much, some of us steal, but most of us just try to do the jobs we can get and get along. Where's our ticket on the Ark? Hey, I'd even be willing to clean up after livestock. Even 'creeping things'. Forty days and nights, hey six months, a year at sea, sounds like a cruise to me. Even the part about ending up on a mountain shouts 'vacation'! Noah sends out a Raven and then a Dove and only the Dove comes back.

Is this all because the Raven was black and the Dove white and us, we're mostly brown? Thou shall not be dark. No Ark for you.

I really do want that rainbow promise at the end.

Und er ist tatsächlich der Erste, versucht, bis auf den Grund der Flut hinabzutauchen, hinunter zum Schlamm. Und er scheitert. Und jeder dieser starken Schwimmer versucht es auch, und keiner von ihnen kommt tief genug oder ist schnell genug, nicht mal Seetaucher oder Otter. Schließlich bietet sich Bisamratte an, und alle lachen ihn aus, denn er ist der Kleinste im Bunde. Aber Nanabush sagt ihnen, Nein, seid nicht gemein, seid nicht grausam, ihr wisst nicht, was er alles kann. Also taucht die tapfere kleine Bisamratte hinab und ist verschwunden und braucht so lange, dass alle überzeugt sind, er sei ertrunken. Und das ist er auch, wie sie sehen, als sein lebloser Körper auftaucht. Aber in seiner Pfote ist der Schlamm, den sie brauchen.

Und Nanabush packt den Schlamm auf Schildkrötes Rücken und singt mit den Winden und tanzt umher, schafft den Ort, an dem wir leben, unsere Insel in den Fluten auf dem Rücken der Schildkröte.

Es kann sein, dass Dudley diese Bisamratte ist. Meinst du, sein Tod bringt ein kleines schmutziges bisschen der Wahrheit ans Licht? Lasst uns hoffen, dass Nanabush es benutzt, um uns Land zu schaffen, auf dem wir stehen können.

[...]

JEN sucht den Friedhof heim.

JEN: Als Er es schon mal tat, in der Bibel, warnte Er die Guten, Noah und seine Familie. Baut eine Arche, rettet euer Leben. Eine große Flut bahnt sich an, groß genug, die Erde zu bedecken und alle Sünde und Bosheit fortzuspülen. Sind wir nicht auch gut? „Baue eine Arche, verstehst du", sagt Gott zu Noah. „Du, deine Frau, deine Jungs und deren Frauen werden alle leben." Ich und meine Familie, wir kommen nicht alle lebend durch. Und wir sind nicht böse, ich weiß, dass wir's nicht sind. Na gut, einige von uns trinken zu viel, andere stehlen, aber die meisten versuchen nur, die Jobs zu erledigen, die wir kriegen können, und zurechtzukommen. Wo ist unser Ticket für die Arche? Hey, ich würde sogar dem Viehzeug hinterher putzen. Sogar dem ‚kriechenden Getier'. Vierzig Tage und Nächte, hey, sechs Monate, ein Jahr auf See, klingt wie eine Vergnügungsfahrt für mich. Sogar der Teil, in dem sie alle auf einem Berg landen, klingt für mich wie ‚Urlaub'! Noah schickt einen Raben und eine Taube hinaus und nur die Taube kehrt zurück.

Und das alles, weil der Rabe schwarz und die Taube weiß ist, und wir, wir größtenteils braun sind? Du sollst nicht dunkel sein. Keine Arche für dich.

Ich will am Ende wirklich dieses Regenbogenversprechen.

BEATRICE MOSIONIER

This contribution is an unedited excerpt from Mosionier's not yet published memoir, *Come Walk With Me*.

Come Walk with Me

Over the years I have waited so patiently for my parents to take us back home. But now Mom doesn't even come to family visits anymore. And Kathy and Vivian are long gone and I don't know where. That leaves only Dad, Eddie and me for the family visits at the Children's Aid offices. Ever since I realized that it's too late for our family to be reunited back at home, I've had these rages. They begin with an intense restlessness. I don't want to be here at this foster home, but I know I can't be there, at my real home. And besides, nobody's at home anymore. I feel how the wolf at the zoo must feel. Trapped in his small enclosure, he paces back and forth, mindlessly passing time. Perhaps he remembers a freedom he never had. Like him, I've taken to pacing back and forth, remembering a freedom I felt I had when I was three, before the coming of the Children's Aid Society. My restlessness turns to anger, then to a rage so overwhelming that I seethe with a hatred that is directed at no one.

Sometimes when I think about my bouts of rage, I try to figure out who or what it is that I have this hatred for. I know that while I'm angry and disappointed in my parents, they're not the ones I feel a rage against. It's not my foster parents, either. I'm pretty sure that Mr. and Mrs. Chevalier are doing the best they can. It's not even the social workers. Except for Mrs. Girwell, I have liked all my social workers so far. I don't like Mrs. Girwell because she is the one who kept me from my real home and delivered me to that old man at the Hanley's place.

When the rage comes, that's when I want to run away again. But I can't because I promised the policeman that I wouldn't. When I'm eleven, the intense restlessness comes again. I need to do something so this time I ask Mrs. Chevalier if I can move away. She says yes, go and pack your things and move.

BEATRICE MOSIONIER

Dieser Beitrag ist ein unbearbeiter Auszug aus Mosioniers noch unveröffentlichter Autobiographie *Come Walk With Me*.

Komm, begleite mich

Jahrelang habe ich so geduldig darauf gewartet, dass meine Eltern uns zurück nach Hause holen. Aber jetzt kommt Mama nicht mal mehr zu Familienbesuchen. Und Kathy und Vivian sind seit langem weg und ich weiß nicht wohin. Somit bleiben nur noch Papa, Eddie und ich für die Familienbesuche in den *Children's-Aid*-Büros. Seitdem ich weiß, dass es zu spät für meine Familie ist, um zu Hause wiedervereint zu werden, habe ich diese Wutausbrüche. Sie beginnen mit einer heftigen Unruhe. Ich will nicht hier in dieser Pflegefamilie sein, aber ich weiß, ich kann nicht dort sein, in meinem richtigen Zuhause. Und außerdem ist zu Hause gar keiner mehr. Ich fühle mich, wie der Wolf im Zoo sich fühlen muss. Gefangen in seinem kleinen Gehege geht er auf und ab, vertreibt sich achtlos die Zeit. Vielleicht erinnert er sich an eine Freiheit, die er niemals hatte. Wie er habe ich angefangen, auf und ab zu gehen, mich an eine Freiheit zu erinnern, die ich fühlte zu haben, als ich drei war, vor dem Eingreifen der *Children's Aid Society*. Meine Unruhe wird zu Wut, dann zu Zorn, der so überwältigend ist, dass ich vor ungerichtetem Hass koche.

Manchmal, wenn ich an meine Wutanfälle denke, versuche ich herauszufinden, für wen oder was ich diesen Hass empfinde. Ich weiß, dass obwohl ich wütend und enttäuscht von meinen Eltern bin, sie nicht diejenigen sind, gegen die sich meine Wut richtet. Es sind auch nicht meine Pflegeeltern. Ich bin mir ziemlich sicher, dass Mr. und Mrs. Chevalier ihr Bestes tun. Es sind nicht einmal die Sozialarbeiter. Außer Mrs. Girwell habe ich bis jetzt alle meine Sozialarbeiter gemocht. Ich mag Mrs. Girwell nicht, weil sie diejenige ist, die mich von meinem richtigen Zuhause ferngehalten hat und mich zu diesem alten Mann bei den Hanleys gebracht hat.

Wenn der Zorn kommt, dann will ich wieder wegrennen. Aber das kann ich nicht, denn ich habe dem Polizisten versprochen, dass ich es nicht mache. Mit elf Jahren kommt diese heftige Unruhe wieder. Ich muss etwas tun, also frage ich diesmal Mrs. Chevalier, ob ich wegziehen darf. Sie sagt ja, geh und pack deine Sachen und zieh um.

Huh? Well, that sure takes me by surprise. I thought she would have to contact my social worker and the process would begin from there. Elated by the idea I got permission to be free, I go up to my room and look through my stash of Halloween goodies and decide on what I'm going to take. Why is it that I always want to wander off in winter? While I'm deciding on what to take, I'm also wondering where I'm going to go. I'll go into the woods, of course. There's still a wooded area north of St. Norbert, which I've never yet explored. As I pick out the things I want to take, I envision my new life to be.

Where will I sleep? Under the snow – I read about that in some book, probably about dogs. How will I eat after I've eaten the last of my peanuts? Must be some rabbits out there. Right, and if I caught one, could I really kill it? Nope. So what would I eat? I can't think of a single thing to eat out there in wintertime. And how would I survive the cold of winter? I can't figure that one out, either. So I put all my things back and I decide to stay. And I think that was a pretty clever way for Mrs. Chevalier to handle my wanderlust.

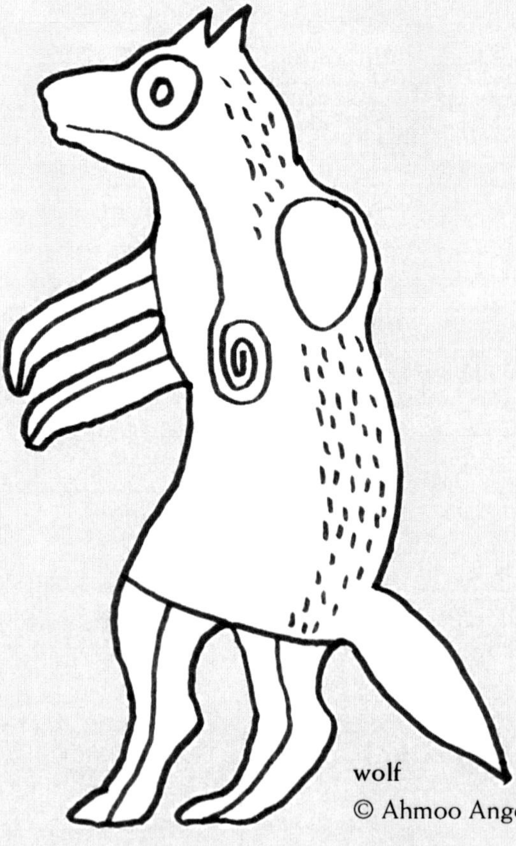

wolf
© Ahmoo Angeconeb

Huch? Nun, das überrascht mich sehr. Ich dachte, sie würde meinen Sozialarbeiter kontaktieren müssen und das Ganze würde von vorn beginnen. Beflügelt von der Vorstellung, dass ich die Erlaubnis habe, frei zu sein, gehe ich hoch in mein Zimmer und schaue meinen Vorrat an Halloween-Süßigkeiten durch und entscheide, was ich mitnehmen werde. Wie kommt es, dass ich mich immer im Winter davonmachen will? Während ich entscheide, was ich mitnehme, frage ich mich auch, wo ich hingehen werde. Natürlich werde ich in den Wald gehen. Es gibt noch ein Waldgebiet nördlich von St. Norbert, das ich bis jetzt noch nicht erforscht habe. Während ich die Sachen auswähle, die ich mitnehmen möchte, stelle ich mir mein neues zukünftiges Leben vor.

Wo werde ich schlafen? Unter dem Schnee – davon habe ich in irgendeinem Buch gelesen, wahrscheinlich eines über Hunde. Wie werde ich mich ernähren, nachdem ich meine allerletzte Erdnuss gegessen habe? Da draußen muss es ein paar Hasen geben. Klar, und wenn ich einen fangen würde, könnte ich ihn wirklich töten? Nein. Also was würde ich essen? Mir fällt keine einzige Sache da draußen ein, die man im Winter essen kann. Und wie würde ich die Kälte des Winters überleben? Darauf weiß ich auch keine Antwort. Also packe ich all meine Sachen zurück und entscheide mich zu bleiben. Und ich denke, das war ziemlich clever, wie Mrs. Chevalier mit meinem Fernweh umgegangen ist.

ELI BRYAN NELSON

I Got Nothin'.

Been a while since I wrote. Anything. Might be some reasons, but it's not that the well has run dry. Been rainin'. Lots of rain. Rain every day; every night. The thing about the well is, well, the rain has filled the well to way past overflow. It's like Mickey Mouse as sorcerer's apprentice just before the magus awakens and reclaims his cap, then boots Mickey's ass on out the door.

The rain has claimed some topsoil; lots of topsoil. Lots of my neighbours are missing lots of topsoil, but many of them seem too busy to notice. And, besides, everyone's lost some topsoil, so why complain? Not a big deal. Spring's comin' anyway ... so you start out on planting season down a little bit of topsoil. Thing is, as any good gardener will tell you, when your property loses topsoil season after season, you either find a way to replenish it, or hunker down and make the best of what you've got. If your garden is going to deliver something really good, something that will really feed you and not just look good, you definitely need lots of good topsoil. That's a problem, these days.

I hear that there aren't as many good topsoil jobbers as there used to be. I used to be able to drive to a corner store or PlantLand and find what I wanted, but apparently the source has been compromised somewhat (maybe they're also under too much rain?), and to get the topsoil you need requires you to go through quite a rigmarole.

I've been told that nothin' less than talkin' to the topsoil manufacturing head yourself will get you the topsoil you need. A friend of mine claims to talk to the head of the division every day. My friend's a good guy, all right, but he's prone to exaggeration, I do say. Not only does he claim to have a direct line to the topsoil head, he claims that only members from his house can expect delivery.

ELI BRYAN NELSON

Ich hab nix.

Schon 'ne Weile her, dass ich geschrieben hab. Irgendwas. Mag einige Gründe gehabt haben, aber nicht, dass der Brunnen versiegt ist. Hat geregnet. Viel Regen. Regen, jeden Tag, jede Nacht. Die Sache mit dem Brunnen ist, nun ja, der Regen hat den Brunnen bis zum Überlaufen gefüllt. Ist wie Micky Maus als Zauberlehrling, kurz bevor der Meister ihn aufweckt, seinen Hut zurückverlangt und dann Micky einen Arschtritt zur Tür hinaus verpasst.

Der Regen hat einiges an Mutterboden mitgenommen, ganz viel Mutterboden. Vielen meiner Nachbarn fehlt ganz viel Mutterboden, aber viele von ihnen scheinen zu beschäftigt, um es zu merken. Und im Übrigen hat jeder Mutterboden verloren, also warum klagen? Kein großes Ding. Der Frühling kommt sowieso ... also fängst du die Gartensaison an, mit ein bisschen Mutterboden. Die Sache ist nur, jeder gute Gärtner wird dir sagen, dass, wenn dein Grund und Boden jedes Jahr immer wieder Mutterboden verliert, du entweder einen Weg finden musst, ihn wieder aufzufüllen, oder dich hinkauern und das Beste aus dem machen musst, was du hast. Wenn dein Garten etwas wirklich Gutes liefern soll, etwas, das dich wirklich ernähren und nicht nur gut aussehen soll, dann brauchst du definitiv ganz viel guten Mutterboden. Heutzutage ist das ein Problem.

Ich hab gehört, dass es nicht mehr so viele gute Mutterboden-Arbeiter gibt wie früher. Früher konnte ich zu 'nem kleinen Laden oder ins *PlantLand* fahren und fand, was ich wollte, aber offenbar ist die Quelle inzwischen etwas beeinträchtigt (vielleicht gibt's bei denen auch zu viel Regen?), und um an den Mutterboden zu kommen, den du brauchst, musst du dich auf ganz schön viel Geschwafel einlassen.

Mir wurde gesagt, dass nichts hilft, außer persönlich mit dem Chef der Mutterboden-Fabrik zu reden, um an den Mutterboden zu kommen, den du brauchst. Einer meiner Freunde behauptet, er spricht jeden Tag mit dem Abteilungsleiter. Mein Freund ist ein guter Junge, aber er neigt zur Übertreibung, sage ich. Nicht nur, dass er behauptet, er hat eine Direktleitung zum Mutterboden-Chef, er behauptet auch, dass nur Mitglieder aus seinem Haus eine Lieferung erwarten können.

My friend won't admit what I know. He claims to have a personal friendship with Mr. Big. But, talking to the head of the topsoil division requires more than surefire bravado, because I happen to have talked to enough topsoil seekers and would-be distributors to know that the topsoil manufacturing biz doesn't work that way. It's probably more like what I have to do to get my topsoil. I get myself into topsoil position, call the division head, and hope that my message gets through on the line. Seems to me like every time I get all hot and bothered about the shape my garden's in and start demanding help and quality topsoil from any old source, I just sit around plugging away, miserable, and maybe the topsoil gets delivered, maybe it doesn't. Funny...but when I just seem to sit back and trust that my call will get through, my topsoil gets replenished within hours. I just don't get it. I guess it's a little bit subtle, a little like faith.

My friend, the one with the pipeline to topsoil management, doesn't see what I see. He's sure his house is completely in order and his garden is the best on the block. I guess that's an easy enough conclusion to draw when you spend most of your time indoors. But I'm out here in the steady rain, walkin' around (he only drives), and I see most of the houses on this block pretty clear. And his garden is certainly in no better shape than mine or anyone else's around here that's trying to grow somethin' good. Well, enough about wells and gardening. I guess it's obvious that when it comes to wells and gardening, I got nothin'.

Hey, I meant to ask you, remember when the world changed? Naw, I don't mean nine and eleven, although most of the gardeners on this block think that's when it happened. Sure enough, all them fancy broadcastin' types from back east have spent no small amount of energy tryin' to convince us all that that's when the world changed. But, because I'm now an old man with 14-gauge black wires coming out my ears (it has to be trimmed back every week or two), I've got a longer perspective, and mine ain't even right. For instance, the day John F. Kennedy became a bull's eye target for a few very capable marksmen, somethin' inside me shifted. It's kind of like what

Mein Freund wird nicht zugeben, was ich weiß. Er behauptet, er hat eine persönliche Freundschaft mit Mr. Big. Aber mit dem Chef der Mutterboden-Abteilung zu reden, verlangt mehr als narrensichere Angeberei, denn ich hab zufällig schon mit genug Mutterboden-Suchern und Möchtegern-Verkäufern geredet, um zu wissen, dass das Geschäft mit der Mutterbodenproduktion nicht so läuft. Es geht wahrscheinlich eher darum, was ich tun muss, um an meinen Mutterboden ranzukommen. Ich bringe mich in die Mutterboden-Position, rufe den Abteilungsleiter an und hoffe, dass meine Nachricht durchkommt. Es scheint mir so, als ob ich jedes Mal, wenn ich heiß laufe und mich darüber ärgere, in welchem Zustand mein Garten ist, und wenn ich anfange, Hilfe und Qualitätsmutterboden von einer alten Quelle zu verlangen, nur rumsitze und rumackere, jämmerlich, und der Mutterboden dann vielleicht geliefert wird, oder vielleicht auch nicht. Lustig... aber wenn ich mich nur zurückzulehnen scheine und darauf vertraue, dass mein Anruf durchkommt, wird mein Mutterboden innerhalb weniger Stunden aufgefüllt. Ich begreif es einfach nicht. Ich denk mal, das ist ein bisschen subtil, ein bisschen wie Glaube.

Mein Freund, der mit der Pipeline zum Mutterboden-Management, begreift nicht, was ich begreife. Er ist sich sicher, dass sein Haus vollkommen in Ordnung ist und sein Garten der beste im Block ist. Ich glaube, das ist eine einfach zu ziehende Schlussfolgerung, wenn man die meiste Zeit drinnen verbringt. Aber ich bin hier draußen im Dauerregen, laufe herum (er fährt immer nur), und ich sehe die meisten Häuser in diesem Block ziemlich klar. Und sein Garten ist ganz sicher in keinem besseren Zustand als meiner oder der von irgendjemand anderem hier, der versucht, etwas Gutes anzubauen. Na gut, genug über Brunnen und Gartenarbeit. Ich denk, es ist offensichtlich: was Brunnen und Gartenarbeit betrifft, hab ich nix.

Hey, ich wollte euch fragen, ob ihr euch daran erinnert, als sich die Welt verändert hat? Nee, ich meine nicht den 11. September, obwohl die meisten Gärtner in diesem Block denken, dass es dann passiert ist. Na gut, all diese schicken Fernsehtypen aus dem Osten haben nicht wenig Aufwand betrieben zu versuchen, uns alle zu überzeugen, dass sich die Welt genau dann verändert hat. Aber weil ich jetzt ein alter Mann bin mit zwei Millimeter dicken, schwarzen Drähten, die aus meinen Ohren kommen (und jede Woche oder alle zwei Wochen gestutzt werden müssen), hab ich ein umfassenderes Bild, und das ist nicht mal richtig. Zum Beispiel am Tag, als John F. Kennedy zur Zielscheibe für ein paar wenige, sehr fähige Scharfschützen wurde, da hat sich was in mir verändert. Ist ein bisschen wie wenn dir ein guter Freund happens when a good friend of yours tells you a whopper and expects you to swallow it; you either cave in, or call 'em on it, and most people would rather cave in; ain't it th' truth? Well, now what do I see and hear on my local newscast last night, but what Bobby Kennedy's assassination was also a team job. Are you kiddin'? Should we believe anything we're told? I mean, some of the most amazing stuff which has really and truly happened right out in the open dies the death of the ignorant somewhere between the event, the re-telling, the hearing of it, and cognition inside our ears... Remember when President Reagan, in front of the United Nations General Assembly, no less, and somewhere's in the early 80s, took the podium and began talking about the need to protect ourselves from inter-galactic hostility? And, do you know anything at all about the Phoenix Lights? (Here, I'm not referrin' to some shapely dancers on loan from a Reno nightclub.) You might want to google the Phoenix Lights, because the state governor at the time, Mr. Fyfe Symington, who, when it happened, tried to make it into a big joke, has gone on record in the past few months that he's sorry to have been part of a played-down cover-up of such a mind-blowing and other-worldly event. That's for real, y'all ...

Y'know, come to think of it, the world has probably never ceased changing, but us human beings do not like that thought at all. Not one little bit. We will do nearly anything possible to avoid having to deal with the fact that every second is brand new; not a repeat. Always a chance to do better, to succeed where we used to fail... Yet, we spend no small amount of energy and cash dollars trying to recreate yesterday, or at least hold onto what we thought was an easier go of it. But it wasn't then, and it ain't now. Why, that blonde towhead from Saskatoon, Joni Mitchell, once wrote: "You know it never has been easy; whether you do or you don't resign – whether you travel the length and breadth of extremity or stick to some straighter line." Guess we all like to think we can find a nice, easy way to make the crooked straight.

But me, I just live here on this block and try to tend my garden when I'm not worrying about it. Seems like the good people on this here block are a bit too busy to notice what shape their gardens are in. Too bad, because, if my arrogant friend is right (I don't think he's right, but what scares me is if ein Riesending erzählt und erwartet, dass du es schluckst; du gibst entweder nach oder beschwerst dich, und die meisten würden lieber nachgeben; ist es nicht so? Nun, was höre und sehe ich in den Regionalnachrichten letzte Nacht, Bobby Kennedys Ermordung war auch Teamarbeit. Macht ihr Witze? Sollten wir alles glauben, was uns erzählt wird? Ich meine, einige der erstaunlichsten Sachen, die wirklich wahrhaftig passiert sind dort draußen, sterben den Tod der Unwissenden, irgendwann zwischen dem Ereignis, dem Nacherzählen, dem Davon-Hören und der Erkenntnis zwischen unseren Ohren... Erinnerst du dich, als Präsident Reagan bei nichts geringerem als der Vollversammlung der Vereinten Nationen irgendwann in den frühen 80ern ans Podium trat und davon zu reden begann, dass wir uns vor intergalaktischer Feindseligkeit schützen müssen? Und, weißt du überhaupt irgendwas über die Phoenix Lights? (Hier beziehe ich mich nicht auf irgendwelche wohlgeformten Tänzerinnen auf Leihbasis aus einem Nachtclub in Reno.) Du könntest ja mal die Phoenix Lights googeln, denn der Gouverneur damals, Mr. Fyfe Symington, der das alles zu einem großen Witz machen wollte, als es passierte, hat sich in den letzten Monaten wieder zu Wort gemeldet, dass es ihm leid tut, Teil einer heruntergespielten Vertuschung einer so überwältigenden und außerweltlichen Erscheinung gewesen zu sein. Das ist die Wirklichkeit, glaubt mir ...

Wisst ihr, jetzt da ich darüber nachdenke, hat die Welt wahrscheinlich nie aufgehört sich zu verändern, aber wir Menschen mögen diesen Gedanken absolut nicht. Nicht mal ein kleines bisschen. Wir tun fast alles Mögliche, um zu vermeiden, uns mit der Tatsache zu beschäftigen, dass jede Sekunde brandneu ist, keine Wiederholung. Immer eine Chance, es besser zu machen, Erfolg zu haben bei den Dingen, die uns immer misslangen... Trotzdem verwenden wir einen nicht kleinen Teil an Energie und Bargeld, um zu versuchen, Gestern wieder zu erschaffen, oder zumindest an dem festzuhalten, von dem wir dachten, es sei einfacher. Aber das war es damals nicht, und ist es heute nicht. Nun, dieser Blondschopf aus Saskatoon, Joni Mitchell, schrieb mal: „Weißt du, es war nie einfach, egal ob du aufgibst oder nicht – ob du die Länge und Breite des Extremen voll ausreizt oder doch einem geraderen Pfad folgst." Ich meine, wir alle denken gern, dass wir eine schöne, einfache Art und Weise finden können, das Gekrümmte gerade zu machen.

Aber ich, ich lebe nur hier in diesem Block und versuche, meinen Garten zu pflegen, wenn ich mir nicht gerade Sorgen um ihn mache. Scheint so, als ob die Leute aus diesem Block hier ein bisschen zu beschäftigt sind um zu you put ten thousand idiots with the same idea into all the gardens in this city, they could manifest somethin' idiotically biblical, I'm sure), then we don't have much time before somethin' really biblical does come down the pike, and the only source of food for our families may have to come from that garden. Too bad, when you consider the relative lack of topsoil, don't you think? As for me, I'm just like everyone else on this damn block. Reelin' from the rain.

So tonight, before I retire, I'll put my call in to the topsoil manager. I'm pretty sure he monitors my calls, especially when he knows I'm just settin' back and bein' grateful for whatever topsoil he can spare me, 'cause he knows what you know, even better. I got nothin'.

merken, in welchem Zustand ihre Gärten sind. Zu schade, denn falls mein arroganter Freund recht hat (ich glaube nicht, dass er recht hat, aber ich befürchte, dass, wenn man zehntausend Idioten mit derselben Idee in alle Gärten dieser Stadt steckt, die dann etwas idiotisch Biblisches produzieren könnten, da bin ich mir sicher), dann bleibt uns nicht mehr viel Zeit, bevor etwas wirklich Biblisches auf uns zukommt und die einzige Nahrungsquelle für unsere Familien aus diesem Garten kommen könnte. Zu schade, wenn man den relativ großen Mangel an Mutterboden betrachtet, meint ihr nicht? Was mich betrifft, ich bin auch nur wie jeder andere in diesem verdammten Block. Leide unter dem Regen.

Also, heute Nacht, bevor ich ins Bett gehe, werd ich den Mutterboden-Manager anrufen. Ich bin mir ziemlich sicher, dass er meine Anrufe abhört, besonders da er weiß, dass ich mich nur zurücklehne und dankbar bin für jeglichen Mutterboden, den er für mich entbehren kann, denn er weiß, was ihr wisst, sogar besser. Ich hab nix.

JC

When an auntie comes to me asking to keep a watchful eye on a child, like any good Aboriginal Support Worker, I do. She explained JC's difficult life. I related to his broken home, constricting poverty, being shunted between parents with substance use issues and an auspicious attitude which frequently got him in trouble.

Like many eleven year-old Aboriginal boys, he was good-looking, athletic, alert and generous, and had a sense of humour which made him popular with classmates. He had difficulty reading and perhaps a touch of FAS/D, but was blessed with a teacher who cared deeply for him.

Nearly every day, his teacher and I collaborated on how best to support him. He often came to school unkempt and unfed, so a few minutes at the beginning of a day would be spent joking with him in my office while he ate a bowl of cereal. Sometimes JC told me that dad was up late and that was why he was so tired.

You'd think it easier and smarter not to get too attached to innercity school kids who move often because of parents who cannot or do not regularly pay rent. You'd be wrong, for those are the kids who inspire you with their vulnerable awareness, their humour, their inexplicable generosity when they have so little. These are the kids you find yourself worrying about late at night, or hoping you get reimbursed for a kid's coat or pair of shoes you pick up for them in some bargain shop. About the time that purchase is made, you find out that tomorrow's the last day. Soon he'd be back with mom and the new baby sister. JC was so excited.

A few weeks later, I obtained permission to visit him. His new school principal and Aboriginal worker were even glad to hear I planned to take JC out to lunch that day.

JC

Wenn ein Tantchen zu mir kommt und mich bittet, ein wachsames Auge auf ein Kind zu haben, tue ich es, so wie jeder gute Sozialarbeiter für Indianer. Sie erzählte mir von JCs schwierigem Leben. Seine komplizierten Familienverhältnisse, die einengende Armut, das Hin-und-her-geschoben-Werden zwischen Eltern mit Suchtproblemen und die aufgeweckte Art, die ihn oft in missliche Lagen brachte, kamen mir bekannt vor.

Wie viele elfjährige indianische Jungen war er gutaussehend, sportlich, lebhaft und großzügig und hatte einen Sinn für Humor, der ihn bei den Klassenkameraden beliebt machte. Er hatte Schwierigkeiten beim Lesen und vielleicht einen Anflug von FASD, aber zum Glück hatte er einen Lehrer, der ihn sehr gern mochte.

Fast jeden Tag arbeiteten sein Lehrer und ich daran, ihn bestmöglich zu unterstützen. Er kam oft ungepflegt und ohne gegessen zu haben zur Schule, deshalb wurden einige Minuten am Anfang eines jeden Tages mit ihm spaßend in meinem Büro verbracht, während er eine Schüssel Müsli aß. Manchmal erzählte JC mir, dass sein Papa lange wach gewesen war und er deshalb so müde war.

Man würde denken, es sei einfacher und klüger, wenn man keine allzu große Bindung zu innerstädtischen Schulkindern aufbaut, die oft umziehen, weil ihre Eltern nicht regelmäßig Miete zahlen können oder wollen. Das wäre ein Fehler, denn dies sind die Kinder, die einen mit ihrem verletzlichen Bewusstsein, ihrem Humor, ihrer unerklärlichen Großzügigkeit inspirieren, obwohl sie doch so wenig haben. Dies sind die Kinder, bei denen man sich dabei ertappt, wie man sich spät in der Nacht Sorgen um sie macht, oder hofft, dass man seine Auslagen erstattet bekommt für einen Mantel oder ein Paar Schuhe, die man ihnen in einem Billigladen gekauft hat. Ungefähr zu der Zeit, wenn dieser Kauf getätigt wird, findet man heraus, dass morgen der letzte Tag ist. Bald würde er zurück bei seiner Mama und seiner neugeborenen Schwester sein. JC war so aufgeregt.

Einige Wochen später erhielt ich die Erlaubnis ihn zu besuchen. Sein neuer Schuldirektor und sein Indianer-Betreuer waren sogar froh zu hören, dass ich vorhatte, JC an dem Tag zum Mittagessen einzuladen.

It seemed he'd already physically grown, and was buzzing to tell me about mom, his new sister, and just how good those burgers were.

Then he said something I'll never forget. He said this had been the best week of his life. I perked up, expecting a suitably exciting story of some triumph. He said Mel Jack, a wonderful native youth counselor, had called him a few days before and arranged a fishing trip for that weekend.

I was impressed that Mel was seeing him. What else? I asked, waiting for more. "And now you're here", he said, dark brown eyes sparkling.

I drove home sorting out my discomfort. How could a fishing trip and a visit carry that kind of weight in his life? I was disappointed for him. Although I resolved to visit him soon and called again twice, life got busy and the waters of time carved new channels to run through.

A few years later I received another call from his aunt. JC had been stabbed to death that Saturday night. Would I come to his funeral?

I went with the teacher who had worried over him, fed and clothed him, and like me, had had to let him go and concentrate on the children we worked with everyday.

The sun shone that coastal winter day. The funeral home was packed with teens, many in tears, sharing hugs of bewilderment and sadness. His teacher and I filed by his open casket. I glanced at the body of an older boy so unlike the eleven year-old I once knew well. As we drove home that afternoon, I recounted the story of the day he and I scarfed burgers as he shared with me part of what he had thought to be the greatest week of his life.

I believe wherever JC is now, existence is providing him with far more than a fishing trip and a couple of burgers...

Es schien, als wäre er bereits körperlich gewachsen, und er konnte es kaum erwarten, mir von seiner Mama, seiner neuen Schwester und davon, wie gut diese Burger schmeckten, zu erzählen.

Dann sagte er etwas, das ich nie vergessen werde. Er sagte dies wäre die beste Woche seines Lebens gewesen. Ich horchte auf und erwartete eine angemessen aufregende Geschichte des Triumphes. Er sagte, Mel Jack, ein wundervoller indigener Jugendberater, hätte ihn einige Tage zuvor angerufen und einen Angelausflug für das kommende Wochenende arrangiert.

Ich war beeindruckt, dass Mel sich mit ihm traf. „Was noch?", fragte ich, auf mehr wartend. „Und jetzt bist du hier", sagte er mit glänzenden dunkelbraunen Augen.

Ich fuhr nach Hause, versuchte mein Unbehagen in den Griff zu bekommen. Wie konnten ein Angelausflug und ein Besuch soviel Bedeutung in seinem Leben haben? Er tat mir Leid. Obwohl ich beschloss, ihn bald zu besuchen und ihn noch zweimal anrief, wurde das Leben hektisch und die Gewässer der Zeit bahnten sich neue Kanäle, um durchzufließen.

Einige Jahre später erhielt ich einen weiteren Anruf von seiner Tante. JC war in jener Samstagnacht erstochen worden. Ob ich zu seiner Beerdigung käme?

Ich ging mit dem Lehrer, der sich um ihn gesorgt, ihn ernährt und eingekleidet hatte, und, genau wie ich, ihn hatte gehen lassen müssen, um sich auf die Kinder, mit denen wir jeden Tag arbeiteten, zu konzentrieren.

Die Sonne schien an diesem Wintertag an der Küste. Das Bestattungsinstitut war voll mit Teenagern, viele in Tränen aufgelöst, die sich voller Verwirrung und Trauer umarmten. Sein Lehrer und ich gingen nacheinander an seinem offenen Sarg vorbei. Ich blickte auf den Körper eines älteren Jungen, der dem des Elfjährigen, den ich einmal gut kannte, so gar nicht ähnlich war. Als wir an diesem Nachmittag nach Hause fuhren, erzählte ich die Geschichte von dem Tag, an dem wir Burger verschlangen, während er mich teilhaben ließ an dem, was er für die großartigste Woche seines Lebens gehalten hatte.

Ich glaube, dass, wo auch immer JC jetzt ist, die Existenz ihm weit mehr bietet als einen Angelausflug und ein paar Burger...

ARMAND GARNET RUFFO

Water Lily Woman

(adapted from a traditional Anishnaabe story)

In this story she left her home among the star people
and sought the company of earth
and earthly beings.
At night the people looked to a sky
shimmering with hope and desire,
and they saw one star brighter than all the others.

He too looked up, a young man still imagining
who he might be.
And at that moment, he felt a touch lighter
than a feather, a touch
that made him shutter
and look over his shoulder
to the hand he imagined was there.
Was this destiny, absolution of a kind,
or purely a gift in a time before time?

Night after night, the people gazed upon the stars
and saw that one grew brighter
as it grew closer.

I think of this story sometimes when it is late,
and I am in a taxi speeding home from the airport,
or the train station,
as I do so often these days.
My head ballooning with the ride
as I gaze out the window to the darkness
gliding along the roadside.
Go, if you must, I hear my lover say,
but return, as I do,
always, in word, a call,
my presence opening the door
between us and holding her
in the dream of life.

ARMAND GARNET RUFFO

Seerosenfrau

(nach einer traditionellen Anishnaabe Geschichte)

In dieser Geschichte verließ sie ihr Zuhause beim Sternenvolk
und suchte die Nähe der Erde
und irdischer Wesen.
Nachts schauten die Leute auf einen Himmel
schimmernd von Hoffnung und Verlangen,
und sie sahen einen Stern heller als alle anderen.

Auch er sah hinauf, ein junger Mann noch davon träumend,
wer er sein könnte.
Und in diesem Moment fühlte er eine Berührung leichter
als eine Feder, eine Berührung,
die ihn erschauern ließ
und er blickte über seine Schulter
auf die Hand, welche er dort erwartete.
War dies Bestimmung, eine Art Absolution,
oder einfach ein Geschenk in einer Zeit vor der Zeit?

Nacht für Nacht beobachteten die Leute die Sterne
und sahen, dass einer heller wurde,
während er näher kam.

Ich denke manchmal an diese Geschichte, wenn es spät ist,
und ich in einem Taxi vom Flughafen nach Hause hetze,
oder vom Bahnhof,
wie ich es zurzeit so oft tue.
Die Fahrt lässt meinen Kopf fast platzen,
und ich starre aus dem Fenster in die Dunkelheit,
die entlang der Straße dahingleitet.
Geh, wenn du musst, höre ich meine Liebste sagen,
aber komm zurück, wie ich es tue,
immer, im Wort, einem Anruf,
meine Gegenwart öffnet die Tür
zwischen uns und hält sie
im Traum des Lebens.

She was lonely in the sky, this star woman,
in the labyrinth of distance,
a birthmark upon her luminous skin
she was bound to shed. And so
she conjured a different life
and set her sights on the brave young man
who could no longer sleep at night,
having felt her heartache brush his skin
and bruise his heart.

As the star woman moved closer
and the night grew brighter,
the people saw that the star took the shape of a bird,
her full wings outstretched,
descending from the night sky,
her passion penetrating the dream world
of the young man.
And so he sank into a fitful sleep
where he sweated and moaned,
sinking deeper and deeper
to the place of their joining.

I think of this too, after the taxi ride home,
when we are sitting in the darkened yard
under the spreading vines,
the stars all but extinguished by the city,
and I tell her of flying
and landing in a country
where I forget how to speak,
forget the stories that make me who I am,
and she looks at me like she doesn't understand.

And I think of the star woman's language,
how she might have spoken to him.
The grace of her touch,
his touch,
as they dreamed themselves together,
and she unfolded herself for him
like the perfect flower she would become.

Sie war einsam dort im Himmel, diese Sternenfrau,
im Labyrinth der Ferne,
ein Muttermal auf ihrer strahlenden Haut,
die sie noch würde abstreifen müssen. Und so
ersann sie ein anderes Leben
und richtete ihren Blick auf den tapferen jungen Mann,
der nachts nicht mehr schlafen konnte,
seit er gespürt hatte, wie ihr Sehnen seine Haut streifte
und seinem Herzen Leid zufügte.

Als die Sternenfrau näher kam
und sich die Nacht erhellte,
sahen die Leute, dass der Stern die Gestalt eines Vogels annahm,
die Schwingen voll entfaltete,
und vom nächtlichen Himmel herabstieg,
während ihre Leidenschaft in die Traumwelt
des jungen Mannes eindrang.
Und so sank er in einen unruhigen Schlaf,
in welchem er schwitzte und stöhnte
und tiefer und tiefer sank
zum Ort ihrer Vereinigung.

Auch daran denke ich, nach der Heimfahrt im Taxi,
als wir im dunkel gewordenen Hof sitzen
unter den rankenden Reben,
die Sterne fast ausgelöscht von der Stadt,
und ich erzähle ihr vom Fliegen
und Ankommen in einem Land,
in dem ich vergesse, wie man spricht,
die Geschichten vergesse, die mich zu dem machen, der ich bin,
und sie sieht mich an, als verstünde sie nicht.

Und ich denke an die Sprache der Sternenfrau,
wie sie zu ihm gesprochen haben mag.
Die Anmut ihrer Berührung,
seiner Berührung,
als sie sich zusammenträumten,
und sie sich für ihn entfaltete
wie die vollkommene Blume, die sie einst sein würde.

I want to stay as close as I am now to you, she whispered,
these words poised on the tip of his tongue,
as she pulled him towards her,
grasped to fulfill her exquisite longing.
I want always to be at your side
and those of your people.
For I love you all
and your land of flowers and meadows,
rivers and mountains. Yes, he answered,
please stay, and always be at my side,
make the nights sweet
with your starry lips.

What a surprise for the young brave,
when he awoke to find his star women had turned herself
into a water lily.

But perhaps he should have expected it.
Had not the young brave told his people
that the star woman would live among them?
Had they not rejoiced
and brought her gifts of medicine
and sweet herbs?
The next night, she had told her lover
to ask the elders, the wisest
of the wise,
where she should live
and what form she should take
while living amongst them.

Let the maiden herself decide
where she will be happiest, answered the elders.
And star woman saw that the people themselves were happiest
when living near the water,
playing in it, or traveling over it in their canoes.
And so in the predawn, hovering at the water's edge
she turned herself into a lily.
This way she reasoned she would always be at her lover's side
and those of his people.

Ich will dir so nah bleiben, wie ich es jetzt bin, flüsterte sie,
diese Worte, die ihm auf der Zunge lagen,
als sie ihn zu sich zog,
gepackt, ihr heftiges Sehnen zu erfüllen.
Ich will immer an deiner Seite sein
und an der deiner Leute.
Denn ich liebe euch alle
und euer Land der Blumen und Wiesen,
Flüsse und Berge. Ja, antwortete er,
bitte bleib, und sei immer an meiner Seite,
mach die Nächte süß
mit deinen Sternenlippen.

Welch eine Überraschung für den jungen Krieger,
als er erwachte und sah, dass seine Sternenfrau sich verwandelt hatte
in eine Seerose.

Aber vielleicht hätte er es erwarten sollen.
Hatte nicht der junge Krieger seinem Volk erzählt,
dass die Sternenfrau unter ihnen leben würde?
Waren sie nicht überglücklich gewesen
und hatten ihr Medizin geschenkt
und süße Kräuter gebracht?
In der folgenden Nacht hieß sie ihren Liebsten,
die Ältesten, die Weisesten
der Weisen
zu fragen, wo sie leben solle
und welche Gestalt sie annehmen solle,
während sie bei ihnen lebte.

Lass das Mädchen selbst entscheiden,
wo sie am glücklichsten wäre, antworteten die Ältesten.
Und die Sternenfrau sah, dass die Leute selbst am glücklichsten waren,
wenn sie nah dem Wasser lebten,
darin spielten, oder in ihren Kanus darauf reisten.
Und so kauerte sie noch vor der Morgendämmerung am Rande des Wassers
und verwandelte sich in eine Seerose.
Dergestalt, glaubte sie, würde sie immer an der Seite ihres Liebsten sein
und an der seiner Leute.

Had this been enough for him?
I wonder as I watch my own lover go inside the house,
as I turn to look up to the pale stars.
She had fallen in love not solely with him,
but with his people and the land.
Her desire had been much larger than he could ever imagine.
From the frigid sky to the heat of his body upon her,
the heat of sun-warmed land.
Not only had she opened herself like a flower before him,
she actually became the object of love,
the flower itself, a love supreme.
Did he still crave her touch,
the stroke of her damp skin, the beating of her heart
as they lay exhausted side by side?

Or was swimming or paddling among a bed of lilies
as far as the eye could see enough for him
to realize the gift she had given them all.

There is no answer to such an old story,
a story on the cusp of memory,
coming from the stars themselves,
springing from the water,
just as there is no one way to tell it.
A footstep, and I look back to the house
to see her beckoning me inside,
mouthing that it is bedtime,
where we too will swim into each others' arms.

War ihm das genug gewesen?
Das frage ich mich, als ich meiner Liebsten nachschaue, wie sie ins Haus geht,
und ich mich den blassen Sternen zuwende.
Sie hatte sich nicht nur in ihn verliebt,
sondern in seine Leute und das Land.
Ihr Verlangen war viel größer gewesen, als er sich je hätte vorstellen können.
Vom eiskalten Himmel zur Hitze seines Körpers auf ihr,
die Hitze sonnengewärmten Landes.
Sie hatte sich vor ihm nicht nur wie eine Blume geöffnet,
sondern war tatsächlich zur Verkörperung der Liebe geworden,
zur Blume selbst, einer höchsten Liebe.
Sehnte er sich noch nach ihrer Berührung,
dem Streicheln ihrer feuchten Haut, dem Schlagen ihres Herzens,
wenn sie erschöpft beieinander lagen?

Oder war in einem Bett von Seerosen zu schwimmen oder zu paddeln,
so weit das Auge reichte, genug für ihn,
um sich des Geschenkes bewusst zu werden, das sie ihnen allen gemacht hatte.

Es gibt keine Erklärung für solch eine alte Geschichte,
eine Geschichte am Scheitelpunkt der Erinnerung,
die von den Sternen selbst kommt
und dem Wasser entspringt,
genauso wie es nicht nur eine Art gibt, sie zu erzählen.
Ein Schritt, und ich schaue zurück zum Haus
und sehe, wie sie mich hereinwinkt,
ihre Lippen sagen, dass es Zeit ist, ins Bett zu gehen,
wo auch wir uns in die Arme schwimmen werden.

PAUL SEESEQUASIS

Ghost Dance LVII

Kicking Bear's Mask

Over the glad new earth they are coming,
Our dead come driving the elk and the deer.
See them hurrying the herds of buffalo!
This the Father has promised,
This the Father has given.

Kicking Bear

No, it is not like water it does not slide off
It is thick and slick like blood? No blood slides off the skin
"This is gelatin," explains the one in the suit and moustache
as his hands lather the liquid over Kicking Bear's face

Gelatin gelatin Kicking Bear repeats the word in his mind
As his eyes close now tired of staring at the ceiling of the Smithsonian tired
Tired of the fog of London the broad boulevards of Paris the bustle of Washington
and the smells of horse shit factory smoke perfume And no wind that dances
on the grass

Pictures flash in his mind horses scream skulls crack red red
Cut the dead dispel their power mutilate their anger fell them cut them
It is so long ago now the wars the blue coats but it was just yesterday
  yesterday he repeats in his mind another word without meaning

A hand on his shoulder as a straw is inserted in each of his nostrils
"This will allow you to breathe. Do not fear," he says Fear? A slight grin forms
on Kicking Bear's face He has seen fear only in others In the last flicker of
light in the eyes before the killing blow in a blue coat kneeling for mercy
in the gurgle of blood in a cut throat no there is no fear here ever

PAUL SEESEQUASIS

Geistertanz LVII

Kicking Bears Maske

Über die frohe neue Erde kommen sie,
Unsere Toten kommen, treiben die Wapiti und die Hirsche.
Sieh, wie sie die Büffelherden jagen!
Dies hat der Vater versprochen,
Dies hat der Vater gegeben.

Kicking Bear

Nein, es ist nicht wie Wasser   es fließt nicht herunter
Es ist dickflüssig und glatt   wie Blut?   Nein Blut läuft von der Haut
„Das ist Gelatine", erklärt der mit Anzug und Schnurrbart
als seine Hände die Flüssigkeit über Kicking Bears Gesicht streichen

Gelatine   Gelatine   Kicking Bear wiederholt das Wort in seinen Gedanken
Als sich seine Augen nun schließen müde an die Decke des Smithsonian zu starren   müde
Müde des Nebels von London   der breiten Boulevards von Paris
der Hektik von Washington
und den Gerüchen   von Pferdemist   Fabrikrauch   Parfüm   Und kein Wind,
der auf dem Gras tanzt

Bilder blitzen in seinem Kopf auf   Pferde schreien   Schädel bersten   rot   rot
Zerstückelt die Toten   macht ihrer Gewalt ein Ende   verstümmelt ihren Zorn
streckt sie nieder   zerstückelt sie
Es ist schon so lange her   die Kriege   die Blauröcke   aber es war erst gestern
gestern wiederholt er in Gedanken   ein weiteres Wort ohne Bedeutung

Eine Hand auf seiner Schulter als ein Strohhalm in jedes seiner Nasenlöcher eingeführt wird
„Damit wirst du atmen können. Hab keine Angst", sagt er   Angst?
Ein leichtes Grinsen erscheint
auf Kicking Bears Gesicht Er kennt Angst nur bei anderen Im letzten Flackern des
Lichts in den Augen   vor dem tödlichen Schlag im Blick eines Blaurocks um
Gnade kniend

The gelatin hardens as he breathes the straws reverberate so strange so loud in his mind for a moment it's the wind whispering across the grass dancing
Dancing for the father over the hill is that them? Thousands upon thousands returning Our dead our dead our dead

"And now the cloth," the voice says and he feels the weight as it wraps over his face thick and soaked it eradicates the lingering sensation of liquid this is tangible almost like leather a death wrap but this is no scaffold on the plains
but a bench in a museum amidst a teeming throbbing mass of humanity
"Now we wait," The voice says and Kicking Bear waits eyes closed
he

hears only now the ticking of a large clock the way they measure time, by each tick each tick measured precise denoting what is present and is now gone How many ticks for each death? For each measure that maps and fences and parcels time tick death tick death

Jack Wilson with his funny hat crooked smile big belly comes to his mind
At first Kicking Bear had thought him a clown a trickster another self-proclaimed prophet but as he listened to him as he saw those who danced his dance
and moved in a circle to his message Jack's vision came clear a reunification of the living and dead a transference across the divide a meeting at the crest of the rise where animals are plentiful the grass whispers
and the living and dead embrace

The face hardens how long had he lain here? "It is finished," a voice says and fingers lift the weight from Kicking Bear's face the straws are removed and he opens his eyes and sits up They stand in a circle and gaze at their creation Their backs to him he cannot see it and then the one with the moustache turns and holds the plaster mold for him to see there it is in his hands and Kicking Bear knows that here it is
forever his face stripped away from the crows and imprisoned
here

im Gurgeln des Blutes einer durchschnittenen Kehle   nein   hier gibt es keine
Angst   niemals

Die Gelatine wird hart während er atmet   die Strohhalme dröhnen   so seltsam
so laut in
seinem Kopf   für einen Moment ist es der Wind   flüsternd über das Gras tanzend
Tanzend für den Vater   hinter dem Hügel sind sie das?   Tausende und
Abertausende wiederkehrend   Unsere Toten   unsere Toten   unsere Toten

„Und nun das Tuch", sagt die Stimme und er fühlt die Last   als es sich über sein
Gesicht legt
schwer und nass löscht es die anhaltende Empfindung von Flüssigkeit aus   dies ist
fühlbar
fast wie Leder   ein Leichentuch   aber dies ist keine Totenplattform auf der Prärie
sondern eine Bank in einem Museum   inmitten einer wimmelnden
pulsierenden   Masse von Menschen
„Jetzt warten wir", sagt die Stimme   und Kicking Bear wartet   die Augen   geschlossen   hört
er erst jetzt das Ticken einer großen Uhr   die Art wie sie
Zeit messen, mit jedem Ticken   jedes Ticken bemessen   präzise   bezeichnet was
Gegenwart und was jetzt vergangen ist   Wie oft tickt es für jeden Tod? Für jede
Einheit die bezeichnet und begrenzt und die Zeit zerlegt   tick   Tod   tick   Tod

Jack Wilson mit seinem merkwürdigen Hut   schiefen Lächeln   dicken Bauch
kommt ihm in den Sinn
Zunächst hatte Kicking Bear ihn für einen Clown einen Trickster einen weiteren
selbsternannten Propheten gehalten   aber als er ihm zuhörte   als er jene sah die
seinen Tanz tanzten
und sich im Kreis zu seiner Botschaft bewegten   wurde Jacks Vision klar   eine
Wiedervereinigung der Lebenden und Toten   ein Austausch über   die Kluft hinweg
ein Treffen auf dem Höhepunkt des Aufstiegs   dort wo die Tiere zahlreich sind
das Gras flüstert
und die Lebenden und Toten sich umarmen

Das Gesicht verhärtet sich   wie lange hat er hier gelegen? „Es ist vollbracht", sagt
eine Stimme und Finger nehmen die Last von Kicking Bears Gesicht die Strohhalme
werden entfernt und er öffnet seine Augen und richtet sich auf   Sie stehen im Kreis
und betrachten ihr Werk Ihre Rücken ihm zugekehrt kann er es nicht sehen   und
dann wendet sich der mit dem Schnurrbart um und hält den Gipsabdruck so dass er
ihn sehen kann   hier ist er   in seinen Händen   und Kicking Bear weiß dass es hier ist
für immer   sein Gesicht   den Krähen entrissen   und hier
gefangen

Kicking Bear stands and places his jacket on   he must meet soon with the agents of the Bureau   plead for the benefit of his children and women   attempt to sway the ones who sit behind wood desks and blot with their inkwells nonsensical words on paper   but the ones of the museum seem pleased with his face   they admire it   he imagines they will soon measure it   weigh it   and put it on display

He walks to the window   outside in the street carriages roll by and throngs walk
along the boardwalks   he notices a horse tethered to a post   its neck
bent down as it drinks from a trough   it is muscles and sinew   but heavy
so unlike the mustangs he used to ride   as it drinks he sees its
bridle   molded to its face   another mask

In 1896 Kicking Bear traveled to Washington, D.C. to meet with bureaucrats of the Indian Department. While in the capital Kicking Bear stopped at the Smithsonian Institute where he agreed to have his 'life mask' taken by its anthropologists. By their account, he remained cooperative and 'stoic' during the process. Kicking Bear's mold was put on display and remains to this day, identified not as Kicking Bear but as a 'Sioux warrior.'

Jack Wilson, the visionary prophet and founder of the Ghost Dance movement.

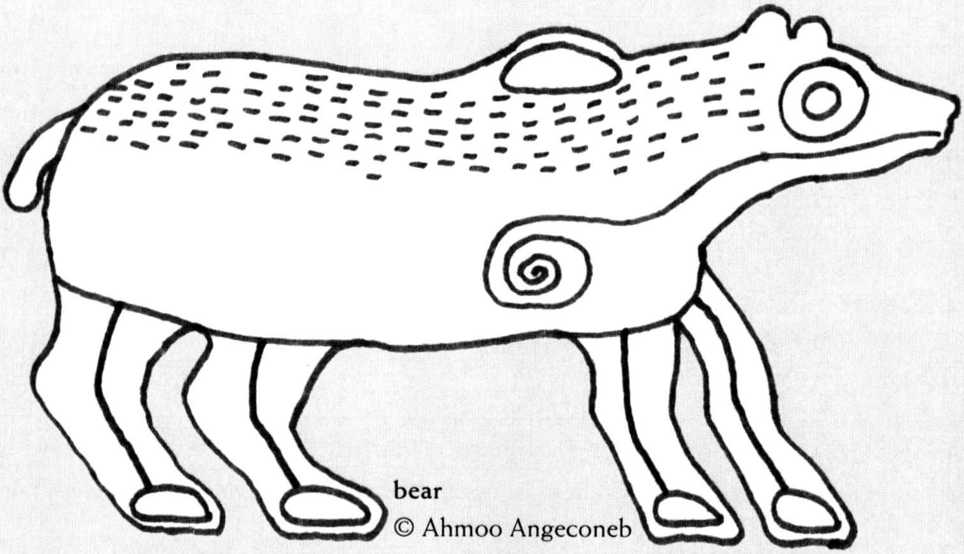

bear
© Ahmoo Angeconeb

Kicking Bear erhebt sich und zieht seine Jacke an er muss sich bald mit den Vertretern des Bureaus treffen sich einsetzen für das Wohl seiner Kinder und Frauen versuchen diejenigen umzustimmen die hinter hölzernen Schreibtischen sitzen und mit ihren Tintenfässern unsinnige Wörter auf Papier klecksen aber die vom Museum scheinen mit seinem Gesicht zufrieden sie bewundern es er malt sich aus wie sie es sicher bald vermessen wiegen und zur Schau stellen werden

Er geht zum Fenster draußen auf der Straße rollen Kutschen vorbei und Menschenmassen laufen die Holzstege entlang er bemerkt ein Pferd angebunden an einen Pfosten sein Hals
nach unten gebeugt als es aus einem Trog trinkt es besteht nur aus Muskeln und Sehnen aber kräftig
so anders als die Mustangs die er früher geritten hat als es trinkt bemerkt er sein Zaumzeug auf sein Gesicht geformt noch eine Maske

---

1896 reiste Kicking Bear nach Washington, D.C. um sich mit Beamten des Indian Department zu treffen. Während er in der Hauptstadt war, besuchte er das Smithsonian Institute, wo er den Anthropologen erlaubte eine ‚Lebend-Maske' von ihm anzufertigen. Nach ihrer Schilderung blieb er während der Prozedur kooperativ und ‚stoisch'. Kicking Bears Abdruck wurde ausgestellt und ist bis zum heutigen Tage nicht als Kicking Bear sondern als ein ‚Sioux Krieger' ausgewiesen.

Jack Wilson, der visionäre Prophet und Gründer der Geistertanz-Bewegung.

DREW HAYDEN TAYLOR

Globalization and Postmodernism Come to Turtle Island

Just a little while ago I was invited to speak at a conference in Regina dealing with international human rights and globalization. Not my normal areas of expertise but since my career as a First Nations writer began, I have been asked to speak or write on a multitude of topics not usually associated with the Native community: subjects like crystal meth (while a problem in some Native communities, there are no labs in my laundry room), Leonard Cohen (he's a singer or something, right?), or Jane Jacobs (a guy who lives on a Reserve is requested to write about a leading urban planner).

But it was the topic of globalization from an Aboriginal perspective that got me thinking. What about this and all the other fashionable popular technical terms to describe elements of modern Canadian society? How many of them are mistakenly believed to be shiny and new, but in fact, have been around since the first Caucasian boot set foot on Indigenous soil. It's all a matter of perception.

Most people think globalization is a current topic but actually, some of us believe it's been an issue around here for over five hundred years. When two lost Italians, Christopher Columbus working for the Spanish, and John Cabot (born Giovanni Caboto) sent by the English, came knocking on the door of Turtle Island, the world changed as the globe got bigger. Since then, First Nations people have been dealing with the threats and benefits of globalization centuries longer then the term 'globalization' has existed. 1492 and 1497 was when the first restaurants opened offering Sheppard's pie, tapas, and some decent pasta primavera. Economies changed. Population's methods of existence had to modify and restructure to meet the oncoming flux of capitalization and trade. An entire continent became a source of raw materials; global economies shifted and shivered as gold, fur, lumber and other materials were redistributed around the world. The work force available on Turtle Island and to a certain extent Africa had to radically adapt to the needs of this new world economy. It was laissez-faire at its worst. The original name for NAFTA was the TICADWYWA (Turtle Island Come And Do What You Want Agreement).

DREW HAYDEN TAYLOR

Die Globalisierung und die Postmoderne kommen nach Turtle Island

Vor gar nicht langer Zeit wurde ich gebeten, auf einer Konferenz zum Thema „Internationale Menschenrechte und Globalisierung" in Regina zu sprechen. Nicht gerade mein eigentliches Spezialgebiet, aber seit meine Karriere als *First Nations* Autor begann, wurde ich immer wieder gebeten, über Themen zu sprechen oder zu schreiben, die gewöhnlich nicht mit der indigenen Gemeinschaft in Verbindung gebracht werden: Themen wie Crystal Meth (zwar ein Problem in einigen indigenen Gemeinden, aber ich habe kein Labor in meiner Waschküche), Leonard Cohen (er ist Sänger oder so etwas, richtig?) oder Jane Jacobs (und ein Typ, der in einem Reservat lebt, wird gebeten, über eine führende Städteplanerin zu schreiben).

Aber das Thema Globalisierung aus Sicht der Ureinwohner brachte mich zum Nachdenken. Was ist mit diesem und all den anderen populärwissenschaftlichen Begriffen, die Phänomene der modernen kanadischen Gesellschaft beschreiben sollen? Wie viele von ihnen werden fälschlicherweise für funkelnagelneu gehalten, wo es sie doch schon gibt, seit der erste europäische Stiefel auf unseren heimischen Boden gesetzt wurde. Das ist alles eine Frage der Wahrnehmung.

Die meisten Leute denken, dass Globalisierung ein aktuelles Thema ist, aber eigentlich gehen einige von uns davon aus, dass es diese Kontroverse hier schon seit fünfhundert Jahren gibt. Als zwei gestrandete Italiener, Christoph Kolumbus im Auftrag der Spanier, und John Cabot (geborener Giovanni Caboto), von den Engländern geschickt, an die Tür von Turtle Island klopften, veränderte sich die Welt, und der Globus wurde größer. Seitdem setzen sich die Angehörigen der *First Nations* mit den Gefahren und Gewinnen der Globalisierung auseinander, also um Jahrhunderte länger als der Begriff ‚Globalisierung' existiert. Es war in den Jahren 1492 und 1497, als die ersten Restaurants öffneten, die *Sheppard's Pie*, Tapas und anständige Pasta Primavera anboten. Die Wirtschaft veränderte sich. Die Lebensweise der Bevölkerung musste sich ändern und neu ordnen, um der herannahenden Flut der Kapitalisierung und des Handels zu begegnen. Ein ganzer Kontinent wurde zur Rohstoffquelle; die Weltwirtschaft veränderte sich grundlegend, als Gold, Felle, Holz und andere Rohstoffe in der ganzen Welt neu verteilt wurden. Die Arbeitskraft, die auf Turtle Island und zu einem gewissen Grad

However, it's not all one-sided. I have seen evidence of a conspiracy to take over the world, perpetrated in its own way by the Native people of this continent. Two years ago, on a month long visit to Australia, I found myself in a dollar store in the fine city of Brisbane, hunting for, of all things, a spatula. In a dusty old corner near the salt and pepper shakers, stood a rack of several dozen small, cheap but familiar dreamcatchers, of various sizes and makes. All made in China. Several months ago, in Vienna, I saw two stalls in an outside Christmas market that was selling dreamcatchers, medicine wheels, Mandalas and a whole assortment of pseudo-Native paraphernalia to an eager Teutonic audience.

Italy and Chile have their fine wine. Germany has its fine cars. India has its tea and tech services. Columbia has its fine coffee and cocaine. Native North America has its fine dreamcatchers. I believe the technical term is 'trade imbalance.'

Globalization – thy name is Turtle Island.

And let's not forget the concept of post-modernism, a popular school of thought in contemporary western literature that began early last century. If memory serves me correctly, one key aspect refers to a new way of storytelling. Simply put, the allegiance to the traditional narrative form of storytelling, A leads to B leads to C leads to D, is being re-examined. Time is re-evaluated. Alternative sequence becomes the new method of telling a story

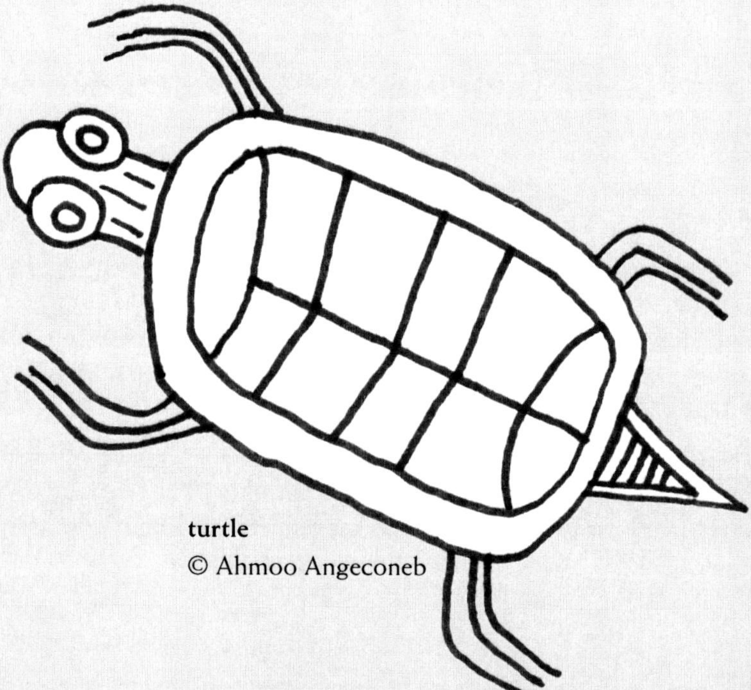

turtle
© Ahmoo Angeconeb

in Afrika zur Verfügung stand, musste sich radikal den Bedürfnissen dieser neuen Weltwirtschaft anpassen. Das war *Laissez-faire* vom allerschlimmsten. Die eigentliche Bezeichnung des NAFTA war TIKUMWIWA (Turtle-Island-Kommt-Und-Macht-Was-Ihr-Wollt-Abkommen).

Aber es gibt nicht nur die eine Seite. Ich habe Anzeichen einer Verschwörung zur Eroberung der Welt gesehen, die von den Ureinwohnern dieses Kontinents ihrerseits ausgeheckt wurde. Während eines einmonatigen Besuchs in Australien vor zwei Jahren fand ich mich in einem Ramschladen in der schönen Stadt Brisbane auf der Jagd ausgerechnet nach einem Pfannenwender. In einer staubigen alten Ecke in der Nähe der Salz- und Pfefferstreuer stand ein Gestell mit einigen Dutzend kleiner, billiger, aber vertrauter Traumfänger verschiedener Größen und Macharten. Alle ‚Made in China'. Vor einigen Monaten sah ich zwei Stände auf einem Weihnachtsmarkt in Wien, an denen Traumfänger, Medizin-Räder, Mandalas und eine ganze Auswahl an pseudo-indianischen Utensilien an ein begieriges teutonisches Publikum verkauft wurden.

Italien und Chile haben ausgezeichnete Weine. Deutschland hat ausgezeichnete Autos. Indien hat seinen Tee und seine technologischen Dienstleistungen. Kolumbien hat seinen ausgezeichneten Kaffee und Kokain. Das indigene Nordamerika hat seine ausgezeichneten Traumfänger. Ich glaube, der Fachausdruck dafür ist ‚Handelsungleichgewicht'.

Globalisierung – dein Name sei Turtle Island.

Und lasst uns nicht das Konzept der Postmoderne vergessen, eine populäre Denkschule in der zeitgenössischen westlichen Literatur, die am Anfang des letzten Jahrhunderts einsetzte. Wenn mich meine Erinnerung nicht täuscht, liegt das Hauptaugenmerk auf einer neuen Art des Geschichtenerzählens. Einfach gesagt, wird die Bindung an die traditionelle Erzählform – also dass A zu B, B zu C und C zu D führt – in Frage gestellt. Die Zeit wird neu bewertet. Ein alternativer Ablauf wird die neue Art des Geschichtenerzählens – beginne mit C, das zu B führt, das zu A und dann zu D führt – der Film *Pulp Fiction* oder die Schriften von Michael Ondaatje sind die am häufigsten zitierten Beispiele. Die meisten Akademiker betrachten diese europäische Erzähltradition als Ausgangspunkt, die Norm, an der alles andere gemessen werden sollte. Was die Bedeutung eines linearen Handlungsstranges angeht, werden Shakespeare, Cervantes, sogar die Bibel als ... nun ja, ich denke, als die Bibel angesehen.

– start off with C which leads to B which leads to A and then to D – the movie *Pulp Fiction* being the most often cited example or the writings of Michael Ondaatje. Most academics take the European way of storytelling as the base line, the norm by which all others should be evaluated. In terms of the importance of a linear storyline, Shakespeare, Cervantes, even the Bible are considered to be… well I guess the Bible.

Eurocentrism – thy name is Turtle Island.

I submit that there should be a different definition of post-modernism. For us, the very word itself is problematic. Who is to say what 'modern' is? From the Aboriginal perspective, our definition of the word began once more, back at the end of the fifteenth century, when Turtle Island became a truck stop on the way to China.

To use a cliché borrowed from our Italian friends Columbus and Caboto, 'when in Rome, do as the Romans.' Since a lot of this discussion is taking place on Turtle Island, and can and is often used in deconstructing Native literature, shouldn't the standard for storytelling start here? And if so, the way Native people used to tell their stories should be the standard, and everything that happened afterwards, be considered post-modern (not to be confused with post-colonial). If that is the case, the very act of telling stories in English could be considered a post-modern act. In our Indigenous eyes, the written language itself is a post-modern creation. Publishing and printing alone could also be considered. The very act that you are reading an article about post-modernism and globalization from an Aboriginal, educated in English and able to write in that or any language (except Mayan, Aztec and Incan who had forms of writing) could be considered post-modern. Or maybe that's post-post-modern. Or maybe it's so postmodern a thought it's positively pre-post-modern. That would make it just modern.

I've really got to stop going to these conferences.

Eurozentrismus – dein Name sei Turtle Island.

Ich beantrage die Einführung einer neuen Definition der Postmoderne. Für uns ist das Wort selbst schon problematisch. Wer bestimmt denn, was ‚modern' ist? Aus indigener Sicht begann unsere Definition dieses Wortes wieder einmal damals am Ende des 15. Jahrhunderts, als Turtle Island ein Fernfahrer-Rastplatz auf dem Weg nach China wurde.

Um ein Klischee zu nutzen, das unseren italienischen Freunden Kolumbus und Caboto entlehnt ist, ‚Andere Länder, andere Sitten'. Da ein Großteil dieser Diskussion auf Turtle Island stattfindet und oft zur Dekonstruktion der indigenen Literatur benutzt werden kann und auch wird, sollte dann die Norm für das Geschichtenerzählen nicht hier ansetzen? Und wenn, so sollte die Art und Weise, wie die *First Nations* ihre Geschichten erzählten, der Standard sein und alles, was danach passierte, als postmodern (nicht mit ‚postkolonial' zu verwechseln) angesehen werden. Wenn das der Fall ist, könnte der eigentliche Akt des Geschichtenerzählens auf Englisch als postmodern betrachtet werden. Aus unserer indigenen Sicht ist selbst die geschriebene Sprache eine postmoderne Erfindung. Schon allein das Veröffentlichen und Drucken könnte in Betracht gezogen werden. Selbst die Tatsache, dass man einen Artikel über Postmoderne und Globalisierung von einem Eingeborenen lesen kann, der seine Bildung auf Englisch erhielt und in dieser oder irgendeiner anderen Sprache (außer der der Mayas, Azteken und Inkas, die Schriftsysteme besaßen) schreiben kann, könnte als postmodern gesehen werden. Oder vielleicht ist das post-postmodern. Oder vielleicht ist dieser Gedanke so postmodern, dass er genauer gesagt prä-postmodern ist. Das würde ihn einfach modern machen.

Ich muss wirklich aufhören, zu diesen Konferenzen zu gehen.

KATHERENA VERMETTE

all the pretty girls

:when I was fifteen
it was the drink
couldn't get enough
could drink my uncles
under the table
or so they liked to tell me
but beer don't grow on trees
or so they liked to tell me
when I was sixteen
it was heroine
but that costs even more than beer

these streets are long and old
filled up with all sorts
of stories and
the same story

:when I was fourteen
and my cousin eighteen
he bought me my first bottle –
vodka – knocked me
on my ass, it was
so strong I could barely move
he seemed cool
his lips dripped liquor and
his hands drifted across my body
like promises, it was a blur
and then it was done
when he got off me
I covered myself to hide
the blood, turned over and
puked my guts out
he sort of laughed and said,
don't worry
your mom's really your aunty so
there's no blood between us

KATHERENA VERMETTE

all die hübschen Mädchen

:als ich fünfzehn war
war es der Alkohol
konnte nicht genug kriegen
konnte meine Onkel
unter den Tisch saufen
jedenfalls erzählten sie das immer
aber Bier wächst nicht auf Bäumen
jedenfalls erzählten sie das immer
als ich sechzehn war
war es Heroin
aber das kostet noch mehr als Bier

diese Straßen sind lang und alt
voller verschiedener
Geschichten und
der gleichen Geschichte

:als ich vierzehn war
und mein Cousin achtzehn
kaufte er mir meine erste Flasche –
Wodka – haute mich
aus den Latschen, er war
so stark, ich konnte mich kaum bewegen
er schien cool
von seinen Lippen tropfte Schnaps und
seine Hände wanderten über meinen Körper
wie Versprechungen, alles verschwamm
und dann war es vorbei
als er von mir runterstieg
bedeckte ich mich, um
das Blut zu verstecken, drehte mich weg und
kotzte mir die Seele aus dem Leib
er lachte irgendwie und sagte,
keine Sorge
deine Mutter ist in Wirklichkeit deine Tante, also
steht kein Blut zwischen uns

little girls
walking around huddling
in the corners of grown women's bodies
we all stop
growing at a certain age
start hiding

:when I was twelve
Shane stole a cigarette from his mom
we hid up in his room
being super quiet
the window wide open
to the winter
we stood together sucking
back the smoke, he said,
I really like you, you know
and I said, only like?
and he laughed and said,
here, let me show you

I don't know when
I stopped looking
whenever a car honked
my back hairs still rise up like a cat's
fight or flight
my hands flex fists
I will never use

:when I was thirteen
I stayed at my granny's
for a summer, she had
a long screened in porch that
smelt like spilt
beer and old people, the floor
crunched with sunflower seed shells
this old man used to
hang out there watching the sun
through the screen
when I met him
he looked me up and down and sighed,
well, you must be your mother's

kleine Mädchen
laufen umher, verstecken sich
in den Nischen von Körpern erwachsener Frauen
wir alle hören
in einem bestimmten Alter auf zu wachsen
fangen an uns zu verbergen

:als ich zwölf war
stahl Shane eine Zigarette von seiner Mutter
wir versteckten uns in seinem Zimmer
waren mucksmäuschenstill
das Fenster weit offen
in den Winter
wir standen beisammen, sogen
den Rauch ein, er sagte,
ich mag dich wirklich, ehrlich
und ich sagte, nur mögen?
und er lachte und sagte,
komm, ich zeig's dir

ich weiß nicht, wann
ich aufhörte hinzusehen
immer wenn ein Auto hupte
meine Nackenhaare richten sich immer noch auf wie bei einer Katze
Kampf oder Flucht
meine Hände ballen sich zu Fäusten
die ich nie benutzen werde

:als ich dreizehn war
verbrachte ich einen Sommer
bei meiner Oma, sie hatte
eine lange Veranda, von Fliegengitter umgeben, die
roch nach verschüttetem
Bier und alten Leuten, der Boden
knirschte wegen Schalen von Sonnenblumenkernen
dieser alte Mann hat meistens
dort abgehangen und sich die Sonne
durch das Fliegengitter angeschaut
als ich ihn traf
musterte er mich von oben bis unten und seufzte,
hm, du kommst wirklich nach deiner Mutter

it's that indiscriminate
trust
you didn't know you had until
you felt it break apart
like shattered glass
in your belly
cutting you
from the inside
out

:when I was four
and still lived with my mom
she used to have parties
I slept in the small room
with my brother and
if he woke up, it was my job
to give him his bottle
she kept it on the window
sill, but one night
it was so hot the milk soured
so I had to
open the door, let in
the noise and light
and walk to the fridge
I didn't see my mom
but aunty Barbara hugged me
like she was so excited to see me
she helped me pour
new milk and sent me
off. I watched
those faces as she pushed me
through the living room
they looked familiar but
different, for a long time
I thought all grown up faces change
like that at night
I would stay awake
listening
to the music, laughter, yelling
I would stay awake waiting
for my brother to cry
but if anyone came in

es ist dieses bedingungslose
Vertrauen
von dem du nicht wusstest, dass du es hattest, bis
du es zerbrechen fühltest
wie zerschmettertes Glas
in deinem Bauch
das dich
von innen
aufschlitzt

:als ich vier war
und noch bei meiner Mutter lebte
veranstaltete sie immer Partys
ich schlief in dem kleinen Zimmer
mit meinem Bruder und
wenn er aufwachte, war es meine Aufgabe
ihm die Flasche zu geben
sie ließ sie auf der Fenster-
bank, aber eines Nachts
war es so heiß, dass die Milch sauer wurde
also musste ich
die Tür öffnen, den
Krach und das Licht hereinlassen
und zum Kühlschrank gehen
ich sah meine Mutter nicht
aber Tante Barbara drückte mich
als wäre sie so begeistert mich zu sehen
sie half mir neue Milch
einzugießen und schickte mich
zurück. Ich guckte
diese Gesichter an, als sie mich
durchs Wohnzimmer schob
sie sahen vertraut aber
anders aus, für eine lange Zeit
dachte ich, die Gesichter aller Erwachsenen verändern sich
so bei Nacht
ich blieb immer wach
lauschte
der Musik, dem Gelächter, dem Geschrei
Ich blieb wach und wartete
bis mein Bruder zu weinen anfing
aber wenn jemand in unser

to our small room, I would
pretend to be asleep

this street has huge sky
reaching trees that fall
into line, a long arch over
the road like fingers
interlinked, we are covered
wandering around in
the palms of God

a baby's cry
rises up into the infinite
night
unanswered

the music's too loud
the party's too good

below her
voices meld
into desperate bass and cheap
rhythms below her
words are lost
in the din

but from this distance
her cry is clear
it resonates into the low
clouds
finds its
pitch
against the stars
already
she is strong
already
she is

a
cap
pel
la

kleines Zimmer hereinkam, tat ich
so, als würde ich schlafen

> diese Straße hat riesige
> in den Himmel reichende Bäume, die in einer Reihe
> stehen, ein langer Bogen über
> der Straße wie verschränkte
> Finger, wir sind geschützt
> beim Umherwandern in
> den Handflächen Gottes

eines Babys Schrei
erhebt sich in die unendliche
Nacht
unbeantwortet

die Musik ist zu laut
die Party ist zu gut

unter ihr
verschmelzen Stimmen
mit verzweifeltem Bass und billigen
Rhythmen unter ihr
gehen Worte verloren
in dem Getöse

aber aus dieser Distanz
ist ihr Schrei deutlich
er hallt wider in den tiefen
Wolken
findet seine
Höhe
an den Sternen
schon
ist sie stark
schon
ist sie

a
cap
pel
la

another happy ending

God's vengeance on all these
poor souls wandering
that dirty concrete littered
with old gum and oblivion
poor souls always looking
for whomever will avenge
whatever wrong they've done

sad girls with sorrow
carved into the lines of their faces
faces that have faced
too many sunrises

God's wrath on those
vacant eyed children
born in the stink
raised in the stink
bottle to bottle

the pathetic elders
screaming with closed lips
crying out for someone
anyone to sit by their
wasted embers

and violent boys
hepped up on aggression
the fiercest drug they could find
playing war

but God's most potent rage saved
for us out here
our limbs running young and naked
in the fringes of the long prairie night
while our core suffocates in God's sweaty grip
their pushed together reality
whose only mercy is its stunted growth

ein weiteres Happy End

Gottes Rache an all diesen
armen Seelen, umherirrend
auf dreckigem Beton verschmutzt
mit altem Kaugummi und Vergessenheit
arme Seelen immer auf der Suche
nach irgendeinem der rächen wird
welches Unrecht sie auch immer begangen haben

traurige Mädchen mit Kummer
in die Linien ihrer Gesichter gemeißelt
Gesichter die sich zu vielen
Sonnenaufgängen gestellt haben

Gottes Zorn über jene
leeräugigen Kinder
geboren im Gestank
aufgezogen im Gestank
von Flasche zu Flasche

die erbärmlichen Alten
schreien mit geschlossenen Lippen
rufen nach jemandem
irgendwem der sich neben ihre
schwindende Glut setzt
und gewalttätige Jungs
aufgeputscht mit Aggressionen
die heftigste Droge die sie finden konnten
Krieg spielen

aber Gottes größte Wut aufgespart
für uns hier draußen
unsere Glieder laufen jung und nackt
entlang an den Rändern der langen Prärienacht
während unser Innerstes in Gottes verschwitztem Griff erstickt
ihre zusammengedrückte Wirklichkeit
deren einzige Gnade ihr verkümmertes Wachstum ist

God's pity on those who cannot help themselves
their minds having drowned long ago
God's vengeance on our shameless selves
work horses with blinders
pulling the heavy cart of status quo

happy girls

two
drunk
girls on a bridge
their long hair
cutting the wind
under a winter sky
ready to burst

too
drunk
girls pause
in one minute
of a cruel
white
night

one
girl burrows
into her thin jacket
& comes out
with a success
fully lit smoke

one
girl leans
her belly into
the cold cement rail
& reaches over the river
for the first
flake
of snow

Gottes Mitleid mit denen die sich nicht selbst helfen können
ihr Geist schon lange ertrunken
Gottes Rache an unseren schamlosen Egos
Arbeitspferde mit Scheuklappen
den schweren Karren des Status quo ziehend

glückliche Mädchen

zwei
betrunkene
Mädchen auf einer Brücke
ihr langes Haar
schneidet den Wind
unter einem Winterhimmel
kurz davor aufzureißen

zu
betrunken
Mädchen verharren
in einer Minute
einer grausamen
weißen
Nacht

ein
Mädchen vergräbt sich
in ihrer dünnen Jacke
& kommt hervor
mit einem erfolg
reich angesteckten Glimmstängel

ein
Mädchen drückt
ihren Bauch gegen
die kalte Brüstung aus Zement
& greift über den Fluss
nach der ersten
Flocke
aus Schnee

wildflowers

it's the wildflowers I feel sorry for
they got to watch their backs
nobody wants them around
people've gone so far as to
make poisons to kill them off
call them weeds
such a menace, so hated,
they've had concrete thrown over
them just to stop them from growing,
they've been pulled out of their native soil
down to their very roots, and then
their wasted bodies have been burned up
thrown in the garbage, so detested
they aren't even fit for the compost heap

's a shame 'cause when you let them do
what they will, they are really quite beautiful
they can flower pink and butter yellow
can fill a dark space with a splendid green
if you let them, but if they flower they will seed
if you let them do what they can so naturally do
they can take over
choke out all those poppies and marigolds
roses and daffodils, yes,
no planted flower stands a chance
'gainst a pack of weeds who know
this earth better than
those imported flowers

Wildblumen

es sind die Wildblumen, die mir leidtun
sie müssen sich umschauen
niemand will sie um sich haben
die Menschen sind sogar so weit gegangen
Gifte herzustellen um sie auszurotten
nennen sie Unkraut
so eine Plage, so verhasst
sie haben sie mit Beton übergossen
nur um sie vom Wachsen abzuhalten,
sie wurden aus ihrer Heimaterde gerissen
bis auf die Wurzeln, und dann
wurden ihre verbrauchten Körper verbrannt
in den Müll geworfen, so verabscheut
sie sind nicht mal gut genug für den Komposthaufen

ist schon 'ne Schande, denn wenn man sie machen lässt
was sie wollen, sind sie eigentlich recht hübsch
sie können rosa und buttergelb blühen
einen dunklen Raum mit strahlendem Grün erfüllen
wenn man sie lässt, aber wenn sie blühen, werden sie sich aussäen
wenn man sie machen lässt, was sie von Natur aus tun
können sie die Macht ergreifen
all diesen Mohn und diese Ringelblumen ersticken
Rosen und Narzissen, ja,
keine gezogene Blume hat eine Chance
gegen eine Meute von Unkraut, die
diese Erde besser kennt als
diese importierten Blumen

's why they're killed off
sprayed, plucked, 's amazing any of them bother
to show their ugly heads, but still
they sprout up all over the place, pushing themselves
through cracks in the sidewalks, congregating on otherwise
respectable lawns, those wild daisies
can fill up a field so fast
darn squatters, they don't even ask
so hungry for land. takes the city to come in
and cut them all up – get good rid
clean the place up neat
trim, poor wildflowers
they're anything but trim
chaos incarnate that's what everybody thinks
's no wonder they're shunned, I know they try
so hard but really
they don't stand a chance

drum werden sie umgebracht
gespritzt, herausgerissen, es ist beeindruckend, dass überhaupt welche sich
          die Mühe machen
ihre hässlichen Köpfe zu zeigen, aber dennoch
sprießen sie überall, drücken sich
durch Risse in Bürgersteigen, versammeln sich auf ansonsten
piekfeinem Rasen, diese wilden Gänseblümchen
können ein Feld so schnell füllen,
verflixte Landbesetzer, die fragen nicht mal
so hungrig sind die nach Land. da muss erst die Stadt ins Spiel kommen
um sie alle abzuschneiden – und tschüss
räumt da ordentlich auf
zurechtgestutzte, arme Wildblumen
sie sind alles andere als beschnitten
ein leibhaftiges Chaos das ist's was alle denken
kein Wunder, dass sie gemieden werden, ich weiß sie strengen sich
so sehr an, aber in Wahrheit
haben sie keine Chance

EMMA LEE WARRIOR

Magic

During the time of desperation on the reserve when my mom had no prospects of work she bowed under the 'yoke' as she put it. One day declared she was going to be a migrant worker. "I've applied for five jobs and didn't even make the short list. The jobs went to the interviewing committee's relatives, some with hardly any education. I'm not going to stay here and get welfare. I'm going to go and pick fruit like my mom used to. That's how people survived in the old days." I think Mom was at the end of her rope. I swear if we had stayed on the reserve and depended on welfare something bad would have happened like Mom getting depressed. I didn't want that to happen and so I hoped for the best as I helped pack for the move. "We're jumping from the frying pan into the fire," she said as we headed for the orchards of Washington State, her face set with a grim determination while my brother and I secretly rejoiced on our new adventure.

That's how we went back in time. We ended up in the Yakima Valley where we rented a cheap motel for a couple of weeks. We started school, my brother and I, in that hot town full of Mexicans and Indians. Mom found a job in a packing house sorting apples and she would be dead tired when she got home, so tired she'd flop down on the bed and sleep. We'd have to wake her up to eat our cooking which was usually Kraft Dinner and wieners. Mom had a teacher's certificate but she'd got to drinking when she got together with our dad and ended up getting her nose mashed in when he beat the heck out of her. Despite getting her nose straightened it looked odd, sort of rubbery like, and she had a whistly sound when she talked so she stayed away from teaching. I had no use for my dad. He left when I was still small and we never saw him again until he called and wanted us to go and visit him. My brother didn't want to but Mom let me go. I came home after a week with him and his wife and four kids and decided I was better off with my mom. All I was doing was babysitting and he didn't like it that my brother didn't want to come down. I got into a fight with his wife and she said she was going to curse us. My dad said we had it coming. Boy he turned out to be a jerk. And he wasn't even Blackfoot. I asked my mom why she had picked him for a husband and she said he'd been good to her but then he started drinking and womanizing. I told my mom about the curse and she said they couldn't or wouldn't do it.

EMMA LEE WARRIOR

Magie

Während einer Zeit der Verzweiflung im Reservat, als meine Mutter keine Aussicht auf Arbeit hatte, unterwarf sie sich dem ‚Joch', wie sie es nannte. Eines Tages hieß es, sie würde eine Wanderarbeiterin werden. „Ich habe mich für fünf Jobs beworben und schaffte es nicht einmal in die engere Wahl. Die Jobs gingen an die Verwandten des Bewerbungskomitees, einige hatten kaum irgendeine Ausbildung. Ich werde nicht hier bleiben und Sozialhilfe beziehen. Ich werde mich auf den Weg machen und Obst pflücken, so wie es meine Mutter tat. So haben die Leute in den alten Tagen überlebt." Ich denke, Mom war am Ende ihrer Kräfte. Ich schwöre, wenn wir im Reservat geblieben wären, abhängig von der Sozialhilfe, wäre bestimmt etwas Schreckliches passiert, zum Beispiel hätte Mom depressiv werden können. Ich wollte das unbedingt vermeiden und deshalb hoffte ich das Beste, als ich ihr für den Umzug packen half. „Wir kommen vom Regen in die Traufe", sagte sie, als wir in Richtung der Obstplantagen des Staates Washington fuhren; ihr Gesicht war voll grimmiger Entschlossenheit, während mein Bruder und ich uns insgeheim auf unser neuestes Abenteuer freuten.

Und so begann unsere Zeitreise. Wir landeten im Yakima-Tal, wo wir uns für ein paar Wochen in ein billiges Motel einmieteten. Wir gingen bald darauf zur Schule, mein Bruder und ich in dieser schwitzenden Stadt voll von Mexikanern und Indianern. Mom fand einen Job in einer Apfelsortieranlage, und wenn sie heimkam, war sie immer todmüde, so müde, dass sie ins Bett fiel und sofort einschlief. Wir mussten sie immer aufwecken, damit sie unser Essen, meistens Fertiggerichte mit Würstchen, aß. Mom war eine ausgebildete Lehrerin, aber sie begann zu trinken, als sie mit unserem Vater zusammenkam, und einmal verprügelte er sie, bis ihre Nase zu Brei geschlagen war. Obwohl ihre Nase gerichtet wurde, sah sie seltsam aus, irgendwie gummiartig, und man hörte ein pfeifendes Geräusch, wenn sie redete, weshalb sie das Unterrichten sein ließ. Ich konnte mit meinem Vater nichts anfangen. Er haute ab, als ich noch klein war, und wir sahen ihn niemals wieder, bis er eines Tages anrief und wollte, dass wir ihn besuchen kommen. Mein Bruder wollte nicht, aber Mom ließ mich gehen. Nach einer Woche bei ihm und seiner Frau und vier Kindern kam ich nach Hause und entschied, dass ich mit meiner Mutter besser dran war. Ich musste die ganze Zeit babysitten, und er fand es nicht gut, dass mein Bruder ihn nicht besuchen wollte. Ich geriet

My mom looked in the papers and sent letters and her resume to places where she thought there would be possibilities for work. Then she applied for a tutoring job at the college and got it so we found an old house in a neighboring town to move into and it seemed life was improving. We found an old house where the landlord lived next door. His name was Mr. DeGraff. He complained a lot and he was nosy. There was too much traffic, the cars were too noisy, he didn't like the way kids dressed, kids made too much noise. We weren't allowed to have pets even though there were mice in the house. "Get mousetraps." he said. He was forever coming over to check on this and that but we knew he was coming to see who was in our house. "The last woman who lived here snuck her Mexican boyfriend in here," he said when he interviewed my mom for the rental. Mom said we had to put up with him. He was 'a necessary evil' and there was nothing we could do about it. Mr. DeGraff had an Indian wife who we found out also had rentals. She was a nice woman but she didn't have any rentals available. Mom said we should just stay put until something better came along.

Mr. DeGraff, it turned out, was a teacher in the school. And he was just as evil there. He regularly reminded the kids that decent, hardworking people like him had to pay taxes so that some people could get welfare and food stamps and lie around at home watching soap operas while their kids got free school lunches. I sometimes think I should never have told Mom that but I did and then our world started to turn into a nightmare.

First of all, she went to the school to speak with the principal who sided up with Mr. DeGraff by saying Mr. DeGraff would never say anything like that. Then Mom went to see the school superintendent and expressed her worry that since Mr. DeGraff was our landlord he would send us into the street. The superintendent said that wouldn't happen. Then he promptly terminated Mr. DeGraff who began visiting our house and looking for work that needed to be done. Well there was a lot that needed to be done but he was harassing us was all.

in einen Streit mit seiner Frau und sie sagte, sie würde uns alle verfluchen. Mein Vater sagte, wir hätten es nicht anders verdient. Mann, der Typ stellte sich als voll das Arschloch heraus. Und er war noch nicht mal Blackfoot. Ich fragte meine Mutter, warum sie sich gerade ihn als Ehemann ausgesucht hatte, und sie sagte, er war gut zu ihr gewesen, aber dann fing er an zu trinken und den Frauen nachzustellen. Ich erzählte meiner Mutter von dem Fluch und sie sagte, so etwas könnten oder würden sie nicht tun.

Meine Mutter blätterte durch die Zeitungen und verschickte Briefe mit ihrem Lebenslauf an mögliche Arbeitgeber. Dann bewarb sie sich auf eine Lehrerstelle am College und bekam sie, also richteten wir uns in einem alten Haus in der Nachbarstadt ein, und es schien, als würde es bergauf gehen. Es war ein altes Haus, dessen Vermieter gleich nebenan wohnte. Er hieß Mr. DeGraff. Er beschwerte sich oft und war neugierig. Es gebe zu viel Verkehr, die Autos seien zu laut, er könne es nicht ausstehen, wie sich Kinder anzögen, und die Kinder seien ihm sowieso zu laut. Es war uns nicht gestattet, Haustiere zu halten, obwohl es Mäuse im Haus gab. „Besorgt euch Mausefallen", sagte er. Er kam ständig herüber um dies und jenes zu überprüfen, aber wir wussten, er kam eigentlich nur um zu überprüfen, wen wir zu Besuch hatten. „Die letzte Frau, die hier wohnte, schleuste ihren mexikanischen Freund hier ein", sagte er, als er meine Mutter wegen der Vermietung befragte. Mom sagte, wir müssten uns mit ihm abfinden. Er wäre ‚ein notwendiges Übel', und wir könnten nichts dagegen machen. Mr. DeGraff hatte eine indianische Ehefrau, die, wie wir herausfanden, auch Häuser vermietete. Sie war eine nette Frau, hatte aber nichts zum Vermieten frei. Mom sagte, wir würden nur solange bleiben, bis sich etwas Besseres finde.

Mr. DeGraff war, wie sich herausstellte, ein Lehrer an der Schule. Und dort war er genauso böse. Regelmäßig erinnerte er die Kinder daran, dass anständige, hart arbeitende Leute wie er Steuern zahlen müssten, so dass andere Leute Sozialhilfe und Essensgutscheine beziehen und daheim herumliegen und Seifenopern schauen könnten, während ihre Kinder kostenloses Schulessen erhalten. Ich denke manchmal, das hätte ich Mom besser nicht erzählt, aber ich tat es, und unsere Welt verwandelte sich in einen wahren Alptraum.

Zuallererst ging sie in die Schule, um mit dem Direktor zu sprechen, der sich umgehend auf die Seite von Mr. DeGraff schlug und meinte, dass Mr. DeGraff so etwas niemals sagen würde. Dann ging Mom zum Schulaufsichtsbeamten und teilte ihre Bedenken mit, dass Mr. DeGraff uns auf die

A small girl came knocking on the door one Sunday when Mom had made an apple pie and we were going to have some with ice cream. She lived across the street, a daughter of Mr. DeGraff's friend who was a preacher. We invited her in and shared pie and ice cream with her. The next day the little girl's 18-year-old brother accused my brother of messing with his sister and over the next week the whole neighborhood began treating us like we were lepers. The big brother attacked my brother right in front of our home.

We called the police who treated us like we were liars. It turned out the family across the street were favored by the police and we were the criminals. My friends avoided me. People called our house and said we should get out of their town because we were child molesters. I said it was because of the curse and Mom said don't be silly, it's Mr. DeGraff getting his revenge for getting fired.

Mr. DeGraff said a relative had renewed an interest in purchasing the house so we would have to move. School wasn't out for another month. We planned to have a yard sale. Amidst all this turmoil David Copperfield, the renowned magician, was coming to Yakima. My brother and I were desperate to go; "Can we go? Can we go?" we begged our mother. "Yes, of course, you can." she said. My brother was so excited as he had been the target of all the persecution and I was happy that he had something to look forward to. Finally, after the dark cloud that had covered our days we were headed to a show that was full of wonder just when it seemed as if nothing was going right. Well, nothing it seems always turns out the way you wish it would and you wouldn't have any more problems. "Just once," I would pray before I went to sleep, I would ask God, "please just once bring us good luck". And I guess what happened was good luck but sometimes I think it was magic since David Copperfield was the star that day. Up until then I'd never known about or given much thought to magic or unexplainable happenings. The closest I've come to believing in magic was when my uncle pulled a quarter out of his ear. My mom said it was a trick but I never could figure it out. Now we were going to see a real magician.

The day came when we were to go to the Royal Theater as Mom had saved some money for that. While we were getting into the car we heard the little girl from across the street calling my brother and sing-songing, "I'm glad you got into trouble." My mom said, "Never mind that little devil; we have better things to do." And we drove off.

Straße setzen würde, weil er doch unser Vermieter war. Der Aufsichtsbeamte sagte, das würde nicht passieren. Dann entließ der Aufsichtsbeamte Mr. DeGraff, der nun begann, unser Haus aufzusuchen und nach Arbeit zu suchen, die erledigt werden müsste. Es gab da eine Menge zu tun, aber es ging eigentlich nur darum, uns zu schikanieren.

Eines Sonntags kam ein kleines Mädchen und klopfte an die Tür, als Mom gerade einen Apfelkuchen gebacken hatte und wir ihn essen wollten – und Eiscreme dazu. Sie wohnte auf der gegenüberliegenden Straßenseite, eine Tochter von Mr. DeGraffs Freund, der Prediger war. Wir baten sie herein und teilten Kuchen und Eis mit ihr. Am nächsten Tag kam der 18-jährige Bruder des kleinen Mädchens und beschuldigte meinen Bruder, mit seiner Schwester herumgemacht zu haben, und im Laufe der nächsten Woche begann die gesamte Nachbarschaft, uns wie Aussätzige zu behandeln. Der große Bruder griff meinen Bruder genau vor unserer Haustür an.

Wir riefen die Polizei, aber die behandelte uns, als wären wir Lügner. Es stellte sich heraus, dass die Polizei die Familie auf der anderen Straßenseite bevorzugte und wir die Verbrecher waren. Meine Freunde gingen mir aus dem Weg. Leute riefen bei uns an und sagten, wir sollen ihre Stadt verlassen, weil wir Kinder belästigen würden. Ich sagte, das wäre bestimmt wegen des Fluches, und Mom sagte, sei nicht albern, das ist Mr. DeGraff, der sich dafür rächt, dass er gefeuert wurde.

Mr. DeGraff sagte, dass ein Verwandter sein erneutes Interesse bekundet hätte, das Haus zu kaufen und wir deshalb ausziehen müssten. Es war noch ein Monat Schule. Wir planten also einen Flohmarkt. Inmitten des ganzen Tumultes kam David Copperfield, der berühmte Magier, nach Yakima. Mein Bruder und ich wollten unbedingt hingehen. „Dürfen wir gehen? Dürfen wir gehen?", flehten wir unsere Mutter an. „Na klar dürft ihr hingehen", antwortete sie. Mein Bruder war so aufgeregt, weil er doch das Ziel all dieser Bosheiten war, und ich war glücklich, dass er sich auf etwas freuen konnte. Nach der schwarzen Wolke, die unsere Tage verdunkelte, würden wir endlich zu einer Show gehen, die voller Wunder war, gerade als es schien, als ob wirklich alles schief ginge. Tja, es scheint wohl, als ob nichts sich so entwickelt, wie man es sich vorstellt, ganz ohne Probleme. „Nur ein einziges Mal", betete ich zu Gott, bevor ich ins Bett ging, „bitte bring uns nur ein einziges Mal Glück." Und ich denke, was dann passierte, war wirklich Glück, aber

When we got to the theater, Mom let us off and said she'd pick us up after the show. We rushed to get our tickets but when we went inside we found out there were no more seats. I didn't want to look at my brother and in my heart I was praying we could see David Copperfield when an old man in an usher's vest came to us and said we could come into the show if we didn't mind sitting in different seats, separately. I said yes and he took us in. I was so happy.

We went in and saw the show. It was amazing, it was wonderful. At one point David Copperfield disappeared from the stage and reappeared close to my brother where he got a good look at the magician. After the show we went out and waited around to look for the old man to thank him. He hadn't taken our money. When we asked for him the ushers said there was no old man usher; there were only young ushers. My brother and I looked at one another stunned. But we were so filled with the magic that we were practically walking on air. Our mom came and we ran to her and told her what had happened. We were all filled with wonder and that feeling carried us throughout the next days of torment that Mr. DeGraff and his town had heaped on us.

We left that place and even though the internal scars stayed with us for a long time we've never forgotten David Copperfield and the old man at the Royal Theater who came to our rescue.

manchmal denke ich, es war Magie, weil David Copperfield der Star des Tages war. Bis zu diesem Moment wusste ich nichts von Magie und hatte auch niemals über Magie oder unerklärliche Ereignisse nachgedacht. Was meiner Vorstellung von Magie am nächsten kam, war mein Onkel, der einen Vierteldollar aus seinem Ohr zauberte. Meine Mutter sagte, es wäre ein Trick, aber ich habe nie herausgefunden, wie er funktioniert. Jetzt würden wir aber einen echten Magier sehen.

Der Tag, an dem wir zum Royal Theater gehen würden, brach an, da Mom endlich genug Geld dafür gespart hatte. Als wir ins Auto stiegen, hörten wir das kleine Mädchen von der anderen Straßenseite meinem Bruder hinterher rufen und singen: „Ich bin froh, dass du Ärger bekommen hast." Meine Mutter sagte: „Kümmert euch nicht um diesen kleinen Teufel, wir haben bessere Dinge zu tun." Und wir fuhren los.Als wir das Theater erreichten, ließ Mom uns heraus und sagte, sie würde uns nach der Show wieder abholen. Wir beeilten uns, unsere Tickets zu holen, aber als wir hinein gingen, mussten wir feststellen, dass es keine freien Plätze mehr gab. Ich wollte meinem Bruder nicht in die Augen blicken, und ich betete von ganzem Herzen, dass wir David Copperfield sehen könnten, als ein alter Mann mit einer Platzanweiserweste zu uns kam und sagte, wir könnten die Show ansehen, wenn uns getrennte Plätze nicht stören würden. Ich bejahte und er brachte uns hinein. Ich war sehr glücklich.

Wir gingen rein und sahen uns die Show an. Es war unglaublich, es war wundervoll. An einer Stelle der Show verschwand David Copperfield von der Bühne und tauchte nah bei meinem Bruder wieder auf, so dass er einen guten Blick auf den Magier hatte. Nach der Show gingen wir heraus und warteten auf den alten Mann, um uns bei ihm zu bedanken. Er hatte unser Geld nicht genommen. Als wir nach ihm fragten, sagten die Platzanweiser, es gäbe gar keinen alten Platzanweiser, hier wären nur junge. Mein Bruder und ich schauten uns erstaunt an. Aber wir waren so voll von Magie, dass wir uns wie im siebten Himmel fühlten. Unsere Mutter kam, und wir liefen ihr entgegen und erzählten, was passiert war. Wir alle waren voller Verwunderung, und dieses Gefühl trug uns durch die nächsten quälenden Tage, die Mr. DeGraff und seine Stadt uns bereiten würden.

Wir verließen diesen Ort, und obwohl die inneren Narben uns noch lange erhalten blieben, haben wir niemals David Copperfield und den alten Mann im Royal Theater vergessen, die zu unserer Rettung kamen.

Ahmoo Allen Angeconeb (born 1955) is an internationally acclaimed Anishnaabe artist from the Lac Seul First Nation near Sioux Lookout. He is a self-taught painter who started his profession early on and sold his first painting by the time he was 13. At the age of 17 he first participated in an exhibition and five years later had his first own art exhibition at York University, where he was already studying Art at that time. Later he graduated from Lakehead University with a Bachelor of Fine Arts. Ahmoo Angeconeb has moved on from his former style of acrylic on canvas to work with etchings and lino blocks and has been celebrated as an exceptional printmaker. He often uses a stark black and white contrast. Ahmoo travels around the world with a great interest in other Indigenous peoples and their art. His major focus and the basis of his work, however, remains his own woodland tradition, with pre-Columbian and contemporary Native North American elements. He had exhibitions in Europe, Canada and the USA. Besides being an artist, he is also an educator who teaches the traditional and modern practices of print-making together with Anishnaabe traditions. *Abneesbeenahpay Still Life*, published by the Thunder Bay Art Gallery in 1987 together with Carol Podedworny, gives deeper insights into his cultural background and artistic development.

ÜBER DIE KÜNSTLER(INNEN)

Ahmoo Allen Angeconeb (geboren 1955) ist ein international hochgeachteter Anishnaabe-Künstler und Mitglied der Lac Seul Nation nahe Sioux Lookout. Er brachte sich schon früh selbst das Malen bei und verkaufte sein erstes Gemälde bereits mit 13 Jahren. Mit 17 beteiligte er sich zum ersten Mal an einer Kunstausstellung und hatte fünf Jahre später seine erste eigene Ausstellung an der York-Universität, wo er zu diesem Zeitpunkt bereits Kunst studierte. Später erlangte er den Bachelor of Fine Arts an der Lakehead-Universität. Angeconeb hat sich bei seiner Arbeit von seinen ursprünglichen Werken von Acryl auf Leinwand entfernt und dem Holz- und Linolschnitt zugewandt, für welche er als außergewöhnlicher Grafiker gefeiert wurde. Oft verwendet er scharfe Schwarz-Weiß-Kontraste. Mit einem besonderen Interesse an der Kunst anderer indigener Kulturen reist er um die Welt. Seine hauptsächliche Inspiration und die Basis für seine Werke bilden jedoch die künstlerischen Traditionen seiner eigenen Waldlandkultur, verbunden mit präkolumbischen und zeitgenössischen indianischen Elementen aus Nordamerika. Angeconeb hatte bereits Ausstellungen in Europa, Kanada und den USA. Neben seiner Arbeit als Künstler ist er außerdem als Kunstlehrer tätig und vermittelt traditionelle und moderne Drucktechniken zusammen mit den Traditionen der Anishnaabe. *Abneesbeenahpay Still Life*, 1987 herausgegeben von der Thunder Bay Art Gallery zusammen mit Carol Podedworny, bietet einen tieferen Einblick in seine Kultur und künstlerische Entwicklung.

Robert (Bob) Boyer (1948-2004) grew up in Prince Albert, Saskatchewan. He was a painter, an educator and a social activist and powwow dancer. He worked with installation art, was the curator of several art exhibitions and an exhibitor himself. Boyer graduated from the Regina Campus of the University of Saskatchewan with a B.Ed. in 1971 and joined the Saskatchewan arts community two years later. Until 1997 he taught Indian Fine Arts as a professor at what is now the First Nations University of Canada. During this time he was also the Head of the Department of Indian Fine Arts. Boyer served as a guest professor at Greifswald University in the summer of 2003. He is a leading figure in Aboriginal art in the 20th century. His early paintings are done largely with acrylics on paper and canvas. While these works can be said to be realistic, he soon changed his style to include abstract designs. He combined traditional designs used by the Lakota and Cree with large geometric designs which he painted on felt blankets that became known as his "Blanket Statements". These were highly politically charged and depicted the harmful influences of non-Aboriginals on Canada's Indigenous population. The later blanket statements though deal with Aboriginal tradition and the meaning of life.
Bob Boyer died in 2004 while powwow dancing.
His major exhibitions were "Horses Fly Too" at the Norman Mackenzie Art Gallery, Regina, 1984, "Bob Boyer: A Blanket Statement", organized by the University of British Columbia Museum of Anthropology, Vancouver, 1988, "Indigena" at the Canadian Museum of Civilization, Ottawa, 1992, and (posthumously) "Bob Boyer: His Life's Work/Le travail d'une vie" at the Mackenzie Art Gallery, Regina, 2008.

Alootook Ipellie (1951-2007), one of the most renowned contemporary Inuit artists from Canada, was born in Nuvuqquq, Baffin Island, in the very Northeast of Canada. He was only four when he and his parents moved southwards to the settlement of Iqaluit until Alootook was sent to Ottawa to attend a vocational high school. After trying to live in Arctic Iqaluit again, he finally moved back to Ottawa in 1972, where his literary and artistic career began.
Alootook Ipellie published numerous magazines, for which he also wrote columns and drew comic strips. However, he became most famous through his pen-and-ink drawings, which depict the world of the Inuit in modern

Robert (Bob) Boyer (1948-2004) wuchs in Prince Albert in Saskatchewan auf. Er war ein Maler und Lehrer von Métis-Herkunft der sich für soziale Gerechtigkeit engagierte. Gleichzeitig war er Installations-Künstler, Powwow-Tänzer und Autor einer Reihe von Kunst-Katalogen sowie Kurator mehrerer Ausstellungen und stellte auch selbst Kunstwerke aus. Im Jahr 1971 erlangte er seinen Bachelor der Erziehungswissenschaft am Regina Campus der Universität von Saskatchewan und schloss sich zwei Jahre später der Kunstgemeinde Saskatchewans an. Bis 1997 lehrte er als Professor bildende Kunst an Kanadas Universität der First Nations. Während dieser Zeit war er außerdem Direktor des Instituts für Indigene Bildende Kunst. Im Sommer 2003 war er Gastprofessor an der Universität Greifswald. Bob Boyer ist einer der bedeutendsten Vertreter der indigenen Kunst des 20. Jahrhunderts. Bei seinen frühen Bildern verwendete er meist Acrylfarbe auf Papier oder Leinwand. Während man seine früheren Werke als realistisch bezeichnen kann, veränderte er ziemlich bald seinen Stil hin zu abstrakten Formen und Symbolen. Er kombinierte Symbole, welche traditionell den Lakota und Cree zuzuordnen sind, mit großflächigen geometrischen Formen. Diese malte er auf Filzdecken und sie wurden als „Blanket Statements" bekannt. Sie sind hochgradig politisch und zeigen den zerstörerischen Einfluss der Einwanderer auf die indigene Bevölkerung Kanadas. Die späteren „Blanket Statements" zeigen hingegen indianische Tradition und die Bedeutung des Lebens.
Im Jahr 2004 starb Bob Boyer unerwartet, während er Powwow tanzte.
Seine bedeutendsten Ausstellungen waren: „Horses Fly Too" in der Norman Mackenzie Kunstgallerie in Regina 1984, „Bob Boyer: A Blanket Statement", organisiert vom Museum für Anthropologie der Universität von British Columbia in Vancouver 1988, „Indigena" im Kanadischen Museum für Zivilisation in Ottawa 1992 und (posthum) „Bob Boyer: His Life's Work/Le travail d'une vie" in der Mackenzie Kunstgallerie in Regina 2008.

Alootook Ipellie (1951-2007), einer der bedeutendsten zeitgenössischen Inuit-Künstler Kanadas, wurde in Nuvuqquq auf der Baffin-Halbinsel im äußersten Nordosten Kanadas geboren. Er war erst vier Jahre alt, als er und seine Eltern in die weiter südlich gelegene Siedlung Iqaluit zogen, bis Alootook nach Ottawa geschickt wurde, um dort eine berufliche Sekundarschule zu besuchen. Nachdem er versucht hatte, wieder im arktischen Iqaluit zu leben, zog er 1972 schließlich wieder zurück nach Ottawa, wo seine literarische und künstlerische Karriere begann.
Alootook Ipellie veröffentlichte zahlreiche Magazine, für die er Kolumnen schrieb und Comics zeichnete. Am berühmtesten jedoch wurde er durch

times with a stunningly high level of detail, and through his short stories which merge traditional Inuit motifs and modern contents. Alootook's best-known artistic work is the book *Arctic Dreams and Nightmares* (1993). It features a cycle of 20 short stories, which recount the experiences of an Inuit shaman who has been dead for 1000 years and which are accompanied by his delicate pen-and-ink drawings. His other works were published in renowned anthologies such as *Paper Stays Put: A Collection of Inuit Writing* (1981), *Northern Voices: Inuit Writing in English* (1988) and *An Anthology of Canadian Native Literature in English* (1992). His last publication is the children's fact book *The Inuit Thought of It: Amazing Arctic Innovations* (2007). Alootook also wrote a novel, *Akavik: The Manchurian David Bowie*, which remains unpublished. Alootook Ipellie died unexpectedly in Ottawa in September 2007.

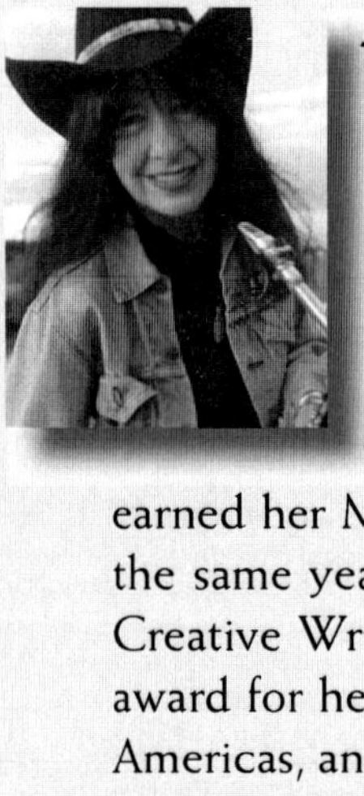

Joy Harjo (born 1951) grew up in Tulsa, Oklahoma, as a native-born member of the Muscogee (Creek) Nation. At the age of sixteen, she began to study art at the Institute of American Indian Arts in Santa Fe, New Mexico, and later changed her major to poetry. Harjo had already published her first collection of poetry, *The Last Song*, a year before she graduated with a BA in poetry from the University of New Mexico in 1976. The same year, she won the Academy of American Poetry Award. Harjo earned her MFA in Creative Writing from the University of Iowa in 1978, the same year as she received a National Endowment for the Arts (NEA) Creative Writing Fellowship. As early as in 1995, Joy Harjo won the first award for her lifetime achievement from the Native Writers Circle of The Americas, and a second such award from the Oklahoma Center for the Book in 2003. Harjo is also known as a screenwriter and musician; she has released three award-winning CDs and performs internationally solo and with her band, Joy Harjo and the Arrow Dynamics. Her artistic versatility gained her the Eagle Spirit Achievement Award for overall contributions in the arts. Harjo's career as a poet has seen several published poetry collections such as *What Moon Drove Me to This* (1979), *She Had Some Horses* (1983), *Secrets from the Center of the World* (1989), her best-known, multi-award-winning *In Mad Love and War* (1990), and *The Woman Who Fell from the Sky* (1994). Apart from writing poetry and making music, Harjo has also had a career of teaching at numerous universities and colleges throughout the US, for instance at the

seine Zeichnungen mit schwarzer Tinte, die die Welt der Inuit in der Moderne in verblüffender Detailgenauigkeit darstellen, und durch seine Kurzgeschichten, die eine Mischung aus traditionellen Inuit-Geschichten und modernen Inhalten sind. Sein bekanntestes literarisches und zeichnerisches Werk ist das 1993 erschienene Buch *Arctic Dreams and Nightmares*. Es besteht aus einem Zyklus von 20 Kurzgeschichten, die über die Erlebnisse eines seit 1000 Jahren toten Inuit-Schamanen erzählen. Diese werden durch filigrane Zeichnungen begleitet. Weiterhin erschienen seine literarischen Werke in renommierten Anthologien wie *Paper Stays Put: A Collection of Inuit Writing* (1981), *Northern Voices: Inuit Writing in English* (1988) und *An Anthology of Canadian Native Literature in English* (1992). Alootooks letzte Veröffentlichung war das Kindersachbuch *The Inuit Thought of It: Amazing Arctic Innovations* (2007). Er schrieb auch einen Roman, *Akavik: The Manchurian David Bowie*, der jedoch unveröffentlicht blieb.
Alootook Ipellie starb unerwartet im September 2007 in Ottawa.

Joy Harjo (geboren 1951) wuchs in Tulsa, Oklahoma, als Mitglied der Muscogee (Creek) Nation auf. Im Alter von sechzehn Jahren begann sie, am Institute of American Indian Arts in Santa Fe, New Mexico, Kunst zu studieren und wechselte ihr Hauptfach später zu Dichtung. Harjo veröffentlichte ihren ersten Gedichtband, *The Last Song*, bereits ein Jahr bevor sie die Universität von New Mexico mit einem BA in Lyrik im Jahr 1976 abschloss. Im selben Jahr gewann sie den Academy of American Poetry Award. Harjo erhielt ihren Master of Fine Arts (MFA) in Kreativem Schreiben an der Universität von Iowa im Jahr 1978, demselben Jahr, in dem sie ein National Endowment for the Arts (NEA) Forschungsstipendium für Kreatives Schreiben bekam. Bereits 1995 gewann Joy Harjo ihren ersten Preis für ihr Lebenswerk von dem Native Writers Circle of The Americas, und einen weiteren derartigen Preis vom Oklahoma Center for the Book im Jahr 2003. Harjo ist auch bekannt als Drehbuchautorin und Musikerin; sie hat drei preisgekrönte CDs veröffentlicht und tritt international sowohl solo als auch mit ihrer Band, Joy Harjo and the Arrow Dynamics, auf. Ihre künstlerische Vielseitigkeit brachte ihr den Eagle Spirit Achievement Award für ihre Beiträge in der Kunst. Harjos Karriere als Dichterin ist gekennzeichnet durch zahlreiche veröffentlichte Gedichtsammlungen, wie z.B. *What Moon Drove Me to This* (1979), *She Had Some Horses* (1983), *Secrets from the Center of the World* (1989), ihr bekanntestes und preisgekröntes *In Mad Love and War* (1990) und *The Woman Who Fell from the Sky* (1994). Abgesehen von Lyrik und der Musik hat Harjo auch eine Karriere als Dozentin an zahlreichen

Institute of American Indian Arts, Arizona State University, or the University of New Mexico, where she was a professor in the English Department. Currently, Joy Harjo resides in Hawaii.

© Zenobia Barlow

Jeannette Armstrong (born 1948) is a member of the Okanagan Syilx Nation. She grew up on the Penticton Indian Reserve in British Columbia, where she received a traditional education from the Okanagan elders. In 1978, she received a Diploma of Fine Arts from Okanagan College and a Bachelor of Fine Arts degree from the University of Victoria, where she studied Creative Writing. She is an assistant professor in Indigenous Studies at the University of British Columbia, Okanagan, and Executive Director of the En'owkin Centre (1986). Armstrong is also the founding director of the En'owkin International School of Writing, Canada's only creative writing program designed for Native people (1989-1999). She has published two novels, *Slash* (1985; German translation 1997) and *Whispering in Shadows* (2000), a collection of poems, *Breath Tracks* (1991), two children's books, and essays and poems in many anthologies. She is an untiring advocate for Indigenous peoples' rights and the survival of our planet. Together with Métis architect Douglas Cardinal she co-authored *The Native Creative Process: A Collaborative Discourse* (1991), and in 1993 she edited the first collection of Indigenous Literary Criticism, *Looking at the Words of Our People: An Anthology of First Nation Literary Criticism*. In 2001, together with Lally Grauer, she edited *Native Poetry in Canada: A Contemporary Anthology*. Besides writing and teaching, she is a visual artist, sculptor, and a PhD candidate at Greifswald University.

Rita Bouvier is a Métis teacher with an interest in issues of social justice. She was born and raised in Ile à la Crosse, Saskatchewan, and loves to write essays and poetry in her spare time. Publications include two books of poetry, *Blueberry Clouds* (nominated for the First People's Publishing Saskatchewan Book Award 1999) and *pâpiyâhtak* (released by Thistledown Press in 2004 and nominated for Saskatchewan's Book of the Year Award), a book co-edited with Angela Ward entitled *Resting Lightly on Mother Earth* (2001), highlighting educational experiences of Aboriginal people in urban environments, and *Better That Way* (2008), a collaborative work with Sherry Farrell-Racette and Margaret Gardiner published by Gabriel Dumont Institute

US-amerikanischen Universitäten und Colleges vorzuweisen, so z. B. am Institute of American Indian Arts, an der staatlichen Universität von Arizona oder der Universität von New Mexico, wo sie im Fachbereich Englisch lehrte. Zurzeit lebt Joy Harjo in Hawaii.

Jeannette Armstrong (geboren 1948) ist Mitglied der Okanagan Syilx Nation. Sie wuchs auf dem Penticton Indian Reserve in British Columbia auf. Dort wurde sie auf traditionelle Weise von den Ältesten erzogen und ausgebildet. 1978 erhielt sie ein Diplom in Fine Arts des Okanagan Colleges und einen Bachelor in Fine Arts der Universität von Victoria, an der sie Kreatives Schreiben studierte. Sie arbeitet als Dozentin im Bereich der Studien indigener Kulturen an der Universität von British Columbia, Okanagan, und ist leitende Direktorin des En'owkin Centre (1986). Armstrong ist auch eine der Mitbegründer/innen der En'owkin International School of Writing, Kanadas einzigem Studiengang für Kreatives Schreiben für die indigene Bevölkerung (1989-1999). Bis heute hat sie zwei Romane veröffentlicht, *Slash* (1985; dt. Übersetzung 1997) und *Whispering in Shadows* (2000), außerdem den Gedichtband *Breath Tracks* (1991), zwei Kinderbücher sowie Aufsätze und Gedichte in vielen Anthologien. Unaufhörlich kämpft sie für die Rechte indigener Völker und das Überleben unserer Erde. Zusammen mit Douglas Cardinal, einem Métis-Architekten, schrieb sie *The Native Creative Process: A Collaborative Discourse* (1991), und gab 1993 die erste Sammlung indigener Literaturkritik, *Looking at the Words of Our People*, heraus. Im Jahr 2001 gab sie zusammen mit Lally Grauer die erste Anthologie indigener Lyrik in Kanada, *Native Poetry in Canada*, heraus. Neben dem Schreiben und Lehren arbeitet sie im Bereich der bildenden und darstellenden Kunst, als Bildhauerin und promoviert zurzeit an der Universität Greifswald.

Rita Bouvier ist eine Lehrerin von Métis-Abstammung, die sich für Themen der sozialen Gerechtigkeit interessiert. Sie wuchs auf in Ile à la Crosse, Saskatchewan, und schreibt in ihrer Freizeit Essays and Lyrik. Zu ihren Veröffentlichungen zählen zwei Lyrikbände, *Blueberry Clouds* (nominiert für den First People's Publishing Saskatchewan Book Award 1999) und *pâpiyâhtak* (nominiert für den Saskatchewan Book of the Year Award). Außerdem hat sie zusammen mit Angela Ward *Resting Lightly on Mother Earth* herausgebracht, das die Erfahrungen indigener Menschen in städtischen Umgebungen hervorhebt. In Zusammenarbeit mit Sherry Farrell-Racette und Margaret Gardiner hat Bouvier *Better That Way* (2008) veröffentlicht, das für den Saskatoon Book Award, Saskatchewan Book Awards nominiert wurde.

(nominated for the Saskatoon Book Award, Saskatchewan Book Awards). Bouvier's poetry appears in literary anthologies and television productions (*That Incredible State*, Novina Motion Pictures Inc. and *Middle of Somewhere* by Sean Virgo, Juxtaposition Productions) and has been adapted for *The Batoche Musical*, a collective work, and more recently for a musical in *Wa Wa Tey Wak – Northern Lights/Aurores boréales*, a contemporary Cree legend by Andrew Balfour. Rita currently serves as a Coordinator of the Canadian Council on Learning – Aboriginal Learning Knowledge Centre in the office based at the University of Saskatchewan. She holds a Master's Degree in Education from the University of Saskatchewan.

Warren Cariou (born 1966) is a writer with Métis roots, who grew up on a farm near Meadow Lake, Saskatchewan. He studied at the University of Saskatchewan (BA) and the University of Toronto (MA, PhD) and has worked as a construction worker, technical writer, and political aid. Among other works of fiction, he has published novellas, *The Exalted Company of Roadside Martyrs* (1999), followed by the memoir *Lake of the Prairies* (2002), for which he won the Drainie-Taylor Prize for Biography. Cariou is currently working on a new novel, *Exhaust*, centred around the oil industry in Alberta. He also writes literary criticism and articles about Canadian Aboriginal literature, oral culture, and race theory as well as about Aboriginal issues. Cariou and his wife, poet Alison Calder, live in Winnipeg, where they both teach in the English Department of the University of Manitoba. Both authors were guest professors at the English Department of the University of Greifswald and Warren Cariou was 'Turmschreiber' in 2005 as part of the Greifswald Canadian Studies Fellow(s) in Residence Program.

Deborah L. Delaronde-Falk (born 1958) is a Métis author of children's literature, who grew up in the Duck Bay Métis community in Manitoba. She worked for twenty years as a librarian at the Duck Bay School, where as a child, she discovered the pleasures of reading. As a writer she mostly tries to convey Métis history and culture in order to educate today's Métis children to appreciate their cultural background. Delaronde-Falk's writing as well as her promoting of literacy gained her the Lieutenant Governor's Medal for Literacy. Her works include, among others, *A Name for a Metis*, *Friendship Bay* and *Flour Sack Friends*, all of which have been published by Pemmican Publications, a publishing house devoted to the Métis culture.

Bouviers Lyrik erscheint in Anthologien und Fernsehproduktionen (*That Incredible State*, Novina Motion Pictures Inc. und *Middle of Somewhere* von Sean Virgo, Juxtaposition Productions) und wurde sowohl für *The Batoche Musical*, eine Gemeinschaftsarbeit, als auch für ein Musical in *Wa Wa Tey Wak – Northern Lights/Aurores boréales*, eine zeitgenössische Cree-Legende von Andrew Balfour, adaptiert. Bouvier arbeitet derzeit als Koordinatorin des Canadian Council on Learning – Aboriginal Learning Knowledge Centre an der Universität von Saskatchewan. Sie hat ihren Master of Education an der Universität von Saskatchewan absolviert.

Warren Cariou (geboren 1966) ist ein Autor mit Métis-Wurzeln, der auf einer Farm in der Nähe von Meadow Lake, Saskatchewan aufwuchs. Er studierte an der Universität Saskatchewan (BA) und an der Universität Toronto (MA, PhD) und hat als Bauarbeiter sowie als technischer Redakteur und politischer Berater gearbeitet. Neben anderen fiktionalen Texten veröffentlichte er Erzählungen, *The Exalted Company of Roadside Martyrs* (1999), worauf der biographische Roman *Lake of the Prairies* (2002) folgte, für den er den Drainie-Taylor Prize for Biography gewann. Zurzeit arbeitet Cariou an einem neuen Roman, *Exhaust*, in dem es um die Ölindustrie in Alberta geht. Er schreibt auch literarische Kritiken und Artikel über kanadische indigene Literatur, Erzähltradition und Kulturtheorien sowie über indigene Themen. Er und seine Frau, die Poetin Alison Calder, leben in Winnipeg, wo sie beide am Institut für Englische Literatur der Universität Manitoba unterrichten. Beide Autoren haben bereits am Institut für Anglistik und Amerikanistik der Universität Greifswald unterrichtet und Warren Cariou war im Jahr 2005 Turmschreiber als Teil des Greifswald Canadian Studies Fellow(s) in Residence Program (Gast-Stipendiat vor Ort).

Deborah L. Delaronde-Falk (geboren 1958) ist eine Kinderbuchautorin von Métis-Herkunft, die in der Métis-Gemeinde Duck Bay in Manitoba aufwuchs. Sie arbeitete zwanzig Jahre lang als Bibliothekarin in der Duck-Bay-Schule, wo sie als Kind die Freuden des Lesens für sich entdeckte. Als Schriftstellerin versucht sie hauptsächlich, die Kultur und Geschichte der Métis zu vermitteln, um Kinder mit Métis-Abstammung dazu zu bringen, ihren kulturellen Hintergrund zu würdigen. Delaronde-Falks Schreiben und ihre Förderung von Bildung brachten ihr die Lieutenant Governor's Medal for Literacy ein. Unter ihren Werken befinden sich beispielsweise *A Name for a Metis*, *Friendship Bay* und *Flour Sack Friends*, welche alle von Pemmican Publications, einem der Métis-Kultur verschriebenen Verlag, veröffentlicht wurden.

Marilyn Dumont (born 1955) is a writer of Cree/Métis descent. She earned her MFA degree in creative writing from the University of British Columbia and also has a background in education. Her first poetry collection, *A Really Good Brown Girl*, won the 1997 Gerald Lampert Memorial Award presented by the League of Canadian Poets. Selections from it are widely anthologized in secondary and post-secondary literary texts, and it is a course text in numerous post-secondary institutions in Canada and the U.S. Her second collection, *green girl dreams Mountains*, won the 2001 Stephan G. Stephansson Award from the Writers Guild of Alberta. Her third book of poetry, *that tongued belonging*, was awarded the 2007 Anskohk Aboriginal Poetry Book of the Year Award and the McNally Robinson Aboriginal Book of the Year Award. Marilyn has been Writer-in-Residence at the University of Alberta, the University of Toronto – Massey College and other institutions. She has also been a mentor for the 2006 Wired Writing and 2009 Writing With Style program at The Banff Centre. Presently, Marilyn teaches Creative Writing for Athabasca University and facilitates an Aboriginal Women's Writing Circle through the Edmonton Public Library while working on her fourth poetry manuscript in which she explores Métis history, politics and identity through her ancestral figure, Gabriel Dumont.

Darlene Gait (born 1968) is a painter and poet of the Coast Salish Nation. She was born on Vancouver Island where she and her family still live today. Gait studied commercial illustration, graphic design and multimedia. Before opening the One Moon Gallery on the Esquimalt Reserve in April 2007, she worked as a book illustrator and graphic designer. Her works of art are strongly influenced by her cultural heritage and her passion for protecting the environment. Gait has received several awards, as for example the Verse and Vision Peoples Choice Award and the Aboriginal Achievement Foundation Award.

Marilyn Dumont (geboren 1955) ist eine Autorin von Cree/Métis-Abstammung. Ihren Master of Fine Arts Abschluss für Kreatives Schreiben erhielt sie an der Universität von British Columbia, und sie hat auch Erfahrung im Bereich der Bildung. Ihre erste Gedichtsammlung *A Really Good Brown Girl* hat 1997 den von der League of Canadian Poets verliehenen Gerald Lampert Gedenkpreis gewonnen. Auszüge daraus sind weithin als schulische und universitäre literarische Texte erschienen, ferner sind ihre Werke Unterrichtstexte in mehreren universitären Einrichtungen in Kanada und den USA. Ihre zweite Textsammlung *green girl dreams Mountains* gewann 2001 den Stephan G. Stephansson Award der Writers Guild of Alberta. Ihr dritter Gedichtband *that tongued belonging* war sowohl für den Anskohk Aboriginal Poetry Book of the Year Award als auch den McNally Robinson Aboriginal Book of the Year Award des Jahres 2007 nominiert. Marilyn Dumont war Writer-in-Residence an der Universität von Alberta, am Massey College der Universität von Toronto sowie an weiteren Institutionen. Weiterhin war sie Mentorin des Wired-Writing-Programms im Jahre 2006 und des Writing-With-Style-Programms des Jahres 2009 am Banff Centre. Derzeit unterrichtet Marilyn Dumont Kreatives Schreiben an der Universität von Athabasca und unterstützt einen Schreibzirkel indigener Frauen der Stadtblibliothek von Edmonton, während sie an ihrem vierten Gedichtmanuskript arbeitet, in dem sie Métis-Geschichte, -Politik und -Identität anhand ihres Vorfahrens Gabriel Dumont erkundet.

Darlene Gait (geboren 1968) ist eine Malerin und Lyrikerin der Coast-Salish-Nation. Sie wurde auf Vancouver Island geboren, wo sie noch heute mit ihrer Familie lebt. Sie hat Werbeillustration, Grafikdesign und Multimedia-Technik studiert. Bevor sie im April 2007 die One-Moon-Galerie auf dem Esquimalt-Reservat eröffnete, arbeitete sie als Buchillustratorin und Grafikdesignerin. Ihre Werke sind stark durch ihr kulturelles Erbe und ihre Hingabe für den Umweltschutz geprägt. Gait wurde mit verschiedenen Preisen ausgezeichnet, wie zum Beispiel dem Verse and Vision Peoples Choice Award und dem Aboriginal Achievement Foundation Award.

Garry Gottfriedson, of Okanagan and Shuswap descent, was born in Kamloops, British Columbia, where he still lives today. Gottfriedson attended the Naropa Writing School at Boulder and received a Master's degree in Education from Simon Fraser University. Apart from being a writer, he works as a self-employed rancher and teacher. Recent publications include poetry collections such as *Glass Teepee* (2002) and *Whiskey Bullets: Cowboy and Indian Heritage Poems* (2006).

© PD Dr. Hans Enter

René Inkster (born 1941) is an author and teacher, who taught in adult education on-and-off-reserve. She learned of her Métis ancestry as an older woman. She resides in British Columbia and founded Inkster House Educational Services (IHES) in 1996, which develops and provides participant-centered programs and educational materials that concentrate on Métis culture. In 2001 she prepared Howard Adams' speeches, papers and books for the Archives of Canada. She is the author of *The Métis of British Columbia* (2002) and from 2001 to 2006 she created, field tested and produced the curriculum *The Primary and Elementary Métis Awareness* (PEMA) *Program*, which is being taught in schools from grades one through four in British Columbia since 2006. Since 2005 she has been in contact with Greifswald University in Germany, where the PEMA Program is being tested in the English classrooms of German Gymnasiums.

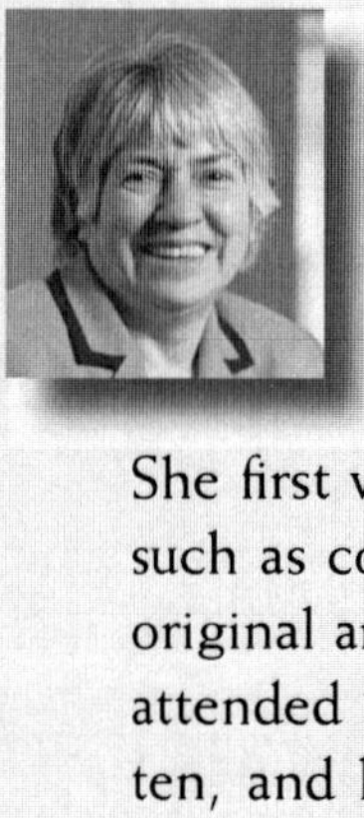

Lee Maracle (born 1950) is of Salish and Cree ancestry and a member of the Stó:lō Nation. She was born in Vancouver and grew up in the city of North Vancouver. One of the first Aboriginal people to go to a public school, she felt like an outsider, dropped out, joined the hippie subculture and was an active member of the Red Power and the Liberation Support Movements. She first went to California and then to Toronto, working in various fields such as construction, nursing, nightclubs, stand-up comedy as well as Aboriginal arts and crafts, traditional healing, and adult education, before she attended Simon Fraser University. She wrote her first poem at the age of ten, and knew then that she wanted to re-create myths. Today, Maracle is known as an orator, essayist, poet, and writer of short and long prose fiction. She lectured at various universities (Toronto, Victoria, Waterloo, Western Washington), and was recently the Writer in Residence at the University of Guelph and the Traditional Cultural Director of the Centre

Garry Gottfriedson, von Okanagan- und Shuswap-Abstammung, wurde in Kamloops, British Columbia, geboren, wo er noch heute lebt. Gottfriedson besuchte die Naropa Writing School in Boulder und erwarb den Masterabschluss in Pädagogik an der Simon-Fraser-Universität. Abgesehen von seiner Tätigkeit als Schriftsteller arbeitet er als freiberuflicher Rancher und Lehrer. Kürzlich erschienene Veröffentlichungen sind beispielsweise die Gedichtbände *Glass Teepee* (2002) und *Whiskey Bullets: Cowboy and Indian Heritage Poems* (2006).

René Inkster (geboren 1941) ist eine Autorin und Lehrerin, die in der Erwachsenenbildung innerhalb und außerhalb von Reservaten unterrichtet hat. Sie erfuhr von ihren Métis-Wurzeln als ältere Frau. Sie lebt in British Columbia und gründete die Inkster House Educational Services (IHES) im Jahr 1996, welche teilnehmerzentrierte Programme und auf die Métis-Kultur konzentrierte Materialien für die Schule und Bildung entwickeln und anbieten. 2001 bereitete sie Howard Adams Reden, Schriften und Bücher für die Kanada-Archive auf. Sie ist die Autorin von *The Métis of British Columbia* (2002) und sie entwickelte, testete und produzierte von 2001 bis 2006 das Unterrichtscurriculum *The Primary and Elementary Métis Awareness* (PEMA) *Program*, das seit 2006 in Schulen in British Columbia von der ersten bis zur vierten Klasse unterrichtet wird. Sie steht seit 2005 in Kontakt mit der Universität Greifswald, unter deren Federführung das PEMA Program im Englischunterricht an deutschen Gymnasien getestet wird.

Lee Maracle (geboren 1950) hat Salish- und Cree-Vorfahren und ist Mitglied der Stó:lō Nation. Sie wurde in Vancouver geboren und war eine der ersten indigenen Schülerinnen an einer öffentlichen Schule, was dazu führte, dass sie sich als Außenstehende zweier Kulturen fühlte. Sie verließ die Schule vorzeitig, schloss sich der Hippie-Kultur an und engagierte sich als Mitglied des Red Power Movements und des Liberation Support Movements. Zunächst lebte sie in Kalifornien, später in Toronto und verdiente sich ihren Lebensunterhalt in den verschiedensten Bereichen, z.B. im Baugewerbe, im Krankenhaus, in Nachtclubs, in Stand-Up-Comedy-Theatern, aber auch im indigenen Kunstgewerbe, in traditioneller Medizin und in der Erwachsenenbildung, bevor sie sich an der Simon-Fraser-Universität einschrieb. Bereits im Alter von zehn Jahren schrieb sie ihr erstes Gedicht und wollte seitdem Mythen wiederbeleben. Heute ist Maracle als Rednerin, Kritikerin, Dichterin und Autorin von Kurz- und Langprosa bekannt. Sie ist eine der Mitbegründerinnen der En'Owkin International School of Writing in Penticton, British for Indigenous Theatre, Toronto. Among her literary achievements, which all reflect her resistance to racism, sexism and cultural supremacy, are her autobiographical work *Bobbi Lee: Indian Rebel* (1975, rev. in 1990), her personal idea of writing in *Oratory: Coming to Theory* (1990), as well as *I Am Woman: A Native Perspective on Sociology and Feminism* (1988, 2nd ed. 1996). Her works of fiction include *Sundogs* (1992), *Ravensong* (1993), *Sojourner's Truth and Other Stories* (1998), *Daughters are Forever* (2002), and *Will's Garden* (juvenile, 2002). In addition to contributing poetry and prose to various anthologies, she published her own collection of poetry in *Bent Box* (2000). She also co-edited and contributed to works on traditional cultures and creative non-fiction, such as *Telling It: Women and Language Across Culture* (1990), *We Get Our Living Like Milk from the Land* (1993/4), *First Fish, First People* (1998), and *Crisp Blue Edges* (2000).

Neal McLeod (born 1970) is Cree and grew up on James Smith First Nation in Saskatchewan. Today he holds a BA and two MAs from the University of Saskatchewan as well as a Ph.D. from the University of Regina. McLeod also studied art in Sweden at the Konsthögskola in Umeå. He taught for ten years at the First Nations University of Canada, before joining the staff at Trent University in Peterborough, Ontario, in 2006. In addition to his scholarly work, he works as a poet, author, film-director, actor, and visual artist. McLeod has exhibited his works throughout Canada, and his low-budget film *A Man Called Horst* was also screened in Berlin.

His first book of poetry *Songs to Kill a Wihtikow* (2005) was instantly nominated for several awards including The Saskatchewan Book of the Year and The McNally Robinson Aboriginal Book of the Year. It won the National Aboriginal Poetry Award in 2006. His second book of poetry, *Gabriel's Beach*, has just been published (2008). Besides, McLeod has also published the non-fiction work, *Cree Narrative Memory: From Treaties to Contemporary Times* in 2007.

Columbia, wo sie auch unterrichtete (1989-1990). Sie hat an verschiedenen Universitäten (Toronto, Victoria, Waterloo, Western Washington) gelehrt, war kürzlich Writer in Residence an der Universität von Guelph und Traditional Cultural Director des Zentrums für indigenes Theater in Toronto. Zu ihren Werken, die alle ihre Abneigung gegen Rassismus, Sexismus und das Vorherrschen der weißen Kultur widerspiegeln, zählen ihr autobiographisches Werk *Bobbi Lee: Indian Rebel* (1975, überarbeitet 1990), ein Werk über ihre persönliche Vorstellung vom Schreiben, *Oratory: Coming to Theory* (1990), sowie *I Am Woman: A Native Perspective on Sociology and Feminism* (1988, 2nd ed. 1996) und andere belletristische Werke wie *Sundogs* (1992), *Ravensong* (1993), *Sojourner's Truth and Other Stories* (1998), *Daughters are Forever* (2002) und *Will's Garden* (2002). Darüber hinaus sind ihre Gedichte in vielen verschiedenen Anthologien zu finden sowie in einer eigenen Gedichtsammlung *Bent Box* (2000). Außerdem ist Maracle Mitherausgeberin von *Telling It: Women and Language Across Culture* (1990), *We Get Our Living Like Milk from the Land* (1993/4), *First Fish, First People* (1998), und *Crisp Blue Edges* (2000).

Neal McLeod (geboren 1970) ist Cree und wuchs im Reservat der James Smith First Nation in Saskatchewan auf. An der Universtät von Saskatchewan erwarb er einen BA- und zwei MA-Abschlüsse, und an der Universität Regina seinen Doktor. Außerdem studierte McLeod in Schweden an der Konsthögskola in Umeå. Er unterrichtete zehn Jahre lang an der First Nations Universität von Kanada, bevor er 2006 Professor an der Trent-Universität in Peterborough, Ontario, wurde. Neben seiner wissenschaftlichen Arbeit ist er als Dichter, Autor, Filmemacher, Schauspieler und Kunstmaler hervorgetreten. McLeods Arbeiten wurden an den verschiedensten Orten Kanadas ausgestellt, und sein Low-Budget-Film *A Man Called Horst* wurde auch in Berlin gezeigt.

Sein erster Gedichtband, *Songs to Kill a Wihtikow* (2005), war für verschiedene Preise nominiert, darunter The Saskatchewan Book of the Year und The McNally Robinson Aboriginal Book of the Year, und er gewann 2006 den National Aboriginal Poetry Award. Sein zweiter Gedichtband, *Gabriel's Beach*, erschien 2008. Darüber hinaus veröffentlichte McLeod im Jahr 2007 eine kritische Analyse, *Cree Narrative Memory: From Treaties to Contemporary Times.*

Duncan Mercredi (born 1951) is Cree/Métis, from Misipawistik, Grand Rapids, Manitoba. He is a poet as well as a playwright and storyteller. As a poet, he writes mainly free verse and deals with contemporary as well as traditional topics. He currently lives in Winnipeg together with his wife and children. Besides having worked for a regional energy provider, he also conducted land surveys for the Department of Manitoba Highways. His first book, *Spirit of the Wolf* was released in 1991, followed by *Dreams of the Wolf in the City* in 1992. Next came *Wolfs and Shadows* (1995) and *Duke of Windsor/Wolf Sings the Blues* two years later. In 2000, he was presented with the Charles Ross Award for Television Screenwriting at the Banff Centre for the Arts.

© John Reeves

Daniel David Moses (born 1952), a playwright, poet and essayist of Delaware heritage, grew up on a farm on the lands of the Six Nations in southern Ontario. He earned a Master of Fine Arts degree from the University of British Columbia. After working in various part-time occupations, Moses started his writing career. His first book, *Delicate Bodies* (1980), is a collection of poems and was followed by another two collections, *The White Line* (1990) and *Sixteen Jesuses* (2000). Among his best-known plays are *Coyote City* (1988), *Big Buck City* (1991) and *Almighty Voice and His Wife* (1991). Moses is also the editor and co-editor of several anthologies, among them the classic standard work *An Anthology of Canadian Native Literature in English* (3rd edition 2005). Furthermore, he is a member of the Writers' Union of Canada, the Playwrights Guild of Canada and has served on the board of Native Earth Performing Arts, Canada's leading professional Native theatre company. Currently, he is working on the stage play *Aazhoodena, the Place of the Heart Project*, together with David McLaren, a writer of drama, essays and children's books and husband of Anishnaabe storyteller and poet Lenore Keeshig-Tobias. Daniel David Moses presently teaches in the Department of Drama at Queen's University in Kingston, Canada.

Beatrice Mosionier (born 1949) is a Métis novelist and author of children's books who was born in St. Boniface, Manitoba. In 1970 she attended George Brown College and in 1983 the Banff School of Fine Arts. For several years she worked with Pemmican Publications, a Manitoba Aboriginal publishing house. Like her

Duncan Mercredi (geboren 1951) ist ein Cree/Métis aus Misipawistik, Grand Rapids, Manitoba. Er ist Lyriker ebenso wie Dramatiker und Geschichtenerzähler. Seine Gedichte behandeln in freien Versformen Themen der Gegenwart und der traditionellen Überlieferung. Zurzeit lebt er in Winnipeg, zusammen mit seiner Frau und seinen Kindern. Mercredi hat bei einem regionalen Energieversorger und als Landvermesser bei Manitoba Highways gearbeitet. Sein erstes Buch, *Spirit of the Wolf*, erschien 1991. *Dreams of the Wolf in the City* folgte 1992. Die darauffolgenden Werke waren *Wolfs and Shadows* (1995) und *Duke of Windsor/Wolf Sings the Blues* zwei Jahre später. Im Jahr 2000 wurde ihm der Charles Ross Award als Drehbuchautor im Banff Centre of the Arts verliehen.

Daniel David Moses (geboren 1952), Dramatiker, Lyriker und Essayist von Delaware-Abstammung, wuchs auf einer Farm auf dem Land der Six Nations im südlichen Ontario auf. An der Universität British Columbia erhielt er seinen Master of Fine Arts. Nach mehreren Teilzeitbeschäftigungen begann Moses seine Karriere als Schriftsteller. Sein erstes Buch, *Delicate Bodies* (1980), ist eine Gedichtsammlung, auf die zwei weitere Sammlungen, *The White Line* (1990) und *Sixteen Jesuses* (2000), folgten. Zu seinen bekanntesten Dramen zählen *Coyote City* (1988), *Big Buck City* (1991) und *Almighty Voice and His Wife* (1991). Moses ist auch Herausgeber und Mit-Herausgeber mehrerer Anthologien, darunter das Standardwerk *An Anthology of Canadian Native Literature in English* (3. Auflage 2005). Er engagiert sich außerdem in der Writers' Union of Canada, der Playwrights Guild of Canada und war Vorstandsmitglied bei Native Earth Performing Arts, Kanadas führendem professionellen indigenen Theaterensemble. Zurzeit arbeitet er an dem Bühnenstück *Aazhoodena, the Place of the Heart Project*, das er zusammen mit David McLaren, Autor mehrerer Dramen, Essays und Kinderbücher und Ehemann von Lenore Keeshig-Tobias, einer Geschichtenerzählerin und Lyrikerin von Anishnaabe-Abstammung, schreibt. Daniel David Moses lehrt zurzeit im Fachbereich für Drama an der Queen's Universität in Kingston, Kanada.

Beatrice Mosionier (geboren 1949) ist eine Métis-Schriftstellerin und Autorin von Kinderbüchern, die in St. Boniface, Manitoba, geboren wurde. Ab 1970 besuchte sie das George Brown College und ab 1983 die Banff School of Fine Arts. Einige Jahre lang arbeitete sie für Pemmican Publications, einem indigenen Verlagshaus in Manitoba. Wie ihr Bruder und ihre brother and her two sisters, Mosionier was raised in foster homes. Writing for her is a means of emotional release and healing. Besides her award winning novel *In Search of April Raintree* (1984; German: *Halbblut!* 1994), Mosionier has published the novella *Spirit of the White Bison* (1989), the children's book *Christopher's Folly* (1996), a school edition of her first novel, *April Raintree* (1999), and a mystery thriller, *In the Shadow of Evil* (2000).

© Camille McOuat

Eli Bryan Nelson (born 1947) is a Métis who began his career as a musician in the late 1960s. On his way he met and played with people such as Johnny Rivers and B.B. King. His contemporary jazzy-rock music style brought him a nomination as Canadian Music Producer of the Year in 1987. One of his other talents is writing, with several articles published and the successful publication of the short story "JC" in the *Canadian Teachers' Federation Aboriginal Anthology*. The story is based on the murder of a young boy Nelson worked with. In addition to co-raising four Aboriginal foster children and working in schools as Aboriginal Support Worker, he is a Board Member of the Fraser Region Interim Aboriginal Authority (FRIAA) and keeps on playing his music for crowds.

Armand Garnet Ruffo (born 1955) was born and raised in northern Ontario, Canada, and is of Anishnaabe heritage, which strongly influences his work. In addition to poetry, he writes fiction, essays, plays and film scripts. His works have been and continue to be published in various literary periodicals and anthologies in Canada and the United States. He has been awarded the Canadian Authors' Association Prize for Poetry in 2000, the CBC Arts Performance Showcase Competition for Drama in 2001 and the Archibald Lampman Award for Poetry in 2002. His works deal with the issues of voice and identity, the complexities of Aboriginal identity in a multicultural society, Aboriginal culture in general, human rights and the environment. He currently lives in Ottawa, where he teaches Native Literature and Creative Writing at Carleton University. Besides collections of poetry like *Opening in the Sky* (1994) and *At Geronimo's Grave* (2001), Ruffo has published a book-length poetic biography called *Grey Owl: The Mystery of Archie Belaney* (1996), and edited a collection of Indigenous literary criticism, zwei Schwestern wuchs Mosionier in Pflegefamilien auf. Schreiben ist für sie ein Mittel zur emotionalen Verarbeitung und Heilung. Neben ihrem preisgekrönten Roman *In Search of April Raintree* (1984; deutsch: *Halbblut!* 1994) hat Mosionier die Novelle *Spirit of the White Bison* (1989), das Kinderbuch *Christopher's Folly* (1996), eine Schulausgabe ihres ersten Romans *April Raintree* (1999) und den Mysterythriller *In the Shadow of Evil* (2000) veröffentlicht.

Eli Bryan Nelson (geboren 1947) ist ein Métis, der seine Karriere als Musiker in den späten 60er Jahren begann und auf seinem Weg mit Musikern wie Johnny Rivers und B.B. King spielte. Sein moderner, als Jazzrock zu bezeichnender Musikstil brachte ihm eine Nominierung als Canadian Music Producer of the Year im Jahr 1987 ein. Eines seiner vielen Talente ist außerdem das Schreiben, mit mehreren veröffentlichten Artikeln und der erfolgreichen Beisteuerung seiner Kurzgeschichte „JC" in der *Canadian Teachers' Federation Aboriginal Anthology*. Die Geschichte thematisiert den Mord an einem Jungen, mit dem er arbeitete. Neben der Erziehung von vier indigenen Waisenkindern arbeitet Nelson als Sozialarbeiter speziell für indigene Belange an Schulen. Er ist außerdem Direktionsmitglied der FRIAA und tritt weiterhin musikalisch vor Publikum auf.

Armand Garnet Ruffo (geboren 1955) wuchs auf in Nord-Ontario und hat Anishnaabe-Wurzeln, die seine Werke stark beeinflussen. Neben Lyrik verfasst er auch Belletristik, Essays, Theaterstücke und Drehbücher. Seine Werke wurden und werden weiterhin in verschiedenen literarischen Fachzeitschriften und Anthologien in Kanada und den Vereinigten Staaten veröffentlicht. Er wurde 2000 mit dem Canadian Authors' Association Prize for Poetry, 2001 mit dem CBC Arts Performance Showcase Competition for Drama und 2002 mit dem Archibald Lampman Award for Poetry ausgezeichnet. Seine Werke behandeln die Themen Stimme und Identität, die Komplexität der indigenen Identität in einer multikulturellen Gesellschaft, die indigene Kultur an sich, Menschenrechte und Umwelt. Ruffo lebt zurzeit in Ottawa, wo er Indigene Literatur und Kreatives Schreiben an der Carleton Universität unterrichtet. Neben Gedichtsammlungen wie *Opening in the Sky* (1994) und *At Geronimo's Grave* (2001) hat Ruffo eine poetische Biographie in Buchlänge namens *Grey Owl: The Mystery of Archie Belaney* (1996) veröffentlicht und eine Sammlung

(Ad)dressing Our Words: Aboriginal Perspectives on Aboriginal Literatures (2001). He recently wrote and directed the dramatic feature film *A Windigo Tale* (2009).

Paul Seesequasis (born 1958) is an author of Plains Cree and White ancestry, originally from Saskatchewan. He is a journalist as well as a poet and the author of several short stories, which have been published in a number of magazines and anthologies. One goal of his writing is to explore and deconstruct clichés of and prejudices against Native Canadians. He is creating what he calls 'post-Indian' literature, which uses humor and trickster imagery. Seesequasis is the co-publisher of 7th Generation Books in Toronto and in 1995 he was the editor of the magazine *Aboriginal Voices*, which at the time won the Overall Excellence Award for Best Native Publication at the Native American Journalist Association Awards. His short stories were included in Grant Street's 1997 publication *All American*. His first novel, called *Indian Wars*, was finished recently.

Drew Hayden Taylor (born 1962) is a well-known Anishnaabe playwright and author of short stories, a gothic novel, and humorous and ironic commentaries. He grew up on the Curve Lake Reserve in Ontario. In 1982, he graduated from Seneca College, Toronto, with a Diploma in Broadcasting. After several jobs in radio, television and print journalism, Taylor worked with a Native theatre company. This started his career as a playwright. One of his first dramas, *Toronto at Dreamer's Rock* (1989), won the Chalmers Canadian Play Award for the best play for young audiences, and *The Bootlegger Blues* (1990) earned him a Canadian Authors Association Award. A prominent characteristic of Taylor's writing is its humor, especially when he deals with contemporary stereotypes about Indigenous Americans. This is not only reflected in his plays, for instance, his Blues quartet, starting with *The Bootlegger Blues* and finishing with *The Berlin Blues* (2007), but also in his numerous commentaries and non-fiction books. Among his most famous pieces is *Funny, You Don't Look Like One: Observations from a Blue-Eyed Ojibway* (1996). In 2007 he published *The Night Wanderer: A Native Gothic Novel*. Recently, he has edited *Me Sexy* (2008), a humorous exploration of Native sexuality and the sequel of *Me Funny* (2006).

indigener Literaturkritik, *(Ad)dressing Our Words: Aboriginal Perspectives on Aboriginal Literatures* (2001), herausgegeben. Zuletzt schrieb er das Drehbuch für den Spielfilm *A Windigo Tale* (2009), bei dem er auch die Regie führte.

Paul Seesequasis (geboren 1958) ist ein Autor von Plains Cree und weißer Herkunft, ursprünglich aus Saskatchewan. Er ist Journalist, aber auch Dichter und Verfasser mehrerer Kurzgeschichten, welche in einer Reihe von Magazinen und Anthologien erschienen sind. Eines seiner Anliegen beim Schreiben ist es, Klischees von und Vorurteile gegen indigene Kanadier zu erforschen und abzubauen. Dabei erschafft er, was er selbst ‚post-Indianische' Literatur nennt. Diese benutzt Humor und die Symbolik des Trickster. Seesequasis ist Co-Verleger von 7th Generation Books in Toronto und 1995 war er der Herausgeber des Magazins *Aboriginal Voices*, welches zu dieser Zeit den Overall Excellence Award for Best Native Publication bei den Native American Journalist Association Awards gewann. Seine Kurzgeschichten sind in der Veröffentlichung von 1997 von Grant Streets *All American* enthalten. Sein erster Roman mit dem Titel *Indian Wars* wurde vor kurzem fertiggestellt.

Drew Hayden Taylor (geboren 1962), Anishnaabe, ist Dramatiker und Autor von Kurzgeschichten, eines Schauerromans und von humorvollen und ironischen Kommentaren. Er wuchs im Curve-Lake-Reservat in Ontario auf. Im Jahr 1982 schloss er das Seneca College in Toronto mit einem Diplom für Rundfunk ab. Nach mehreren Jobs in Radio, Fernsehen und bei der Presse arbeitete Taylor bei einem indigenen Theaterensemble. Damit begann er seine Karriere als Dramatiker. Mit einem seiner ersten Dramen, *Toronto at Dreamer's Rock* (1989), gewann er den Chalmers Canadian Play Award für das beste Stück für ein junges Publikum; und mit *The Bootlegger Blues* (1990) verdiente er sich den Canadian Authors Association Award. Ein markantes Merkmal der Literatur Taylors ist ihr Humor, besonders wenn er sich mit aktuellen Vorurteilen gegenüber nordamerikanischen Indigenen beschäftigt. Dies spiegelt sich nicht nur in seinen Dramen wider, zum Beispiel in seinem Blues-Quartett, das mit *The Bootlegger Blues* beginnt und durch *The Berlin Blues* (2007) abgeschlossen wird, sondern auch in seinen zahlreichen Kommentaren und Sachbüchern. Zu seinen bekanntesten Werken zählt *Funny, You Don't Look Like One: Observations from a Blue-Eyed Ojibway* (1996). Zuletzt hat er *Me Sexy* (2008) herausgegeben, eine humorvolle Erkundung indigener Sexualität und Fortsetzung von *Me Funny* (2006).

Katherena Vermette (born 1977) is a writer of poetry and fiction of Métis descent. She lives in Winnipeg and is an active member of the Aboriginal Writers Collective since 2004. Her work has appeared in magazines such as *Prairie Fire and Juice*, and the compilations *A/Cross Sections* by the Manitoba Writers Guild, *Tales from Mocassin Avenue* by Totem Pole Press, and *Bone Memory* by the Aboriginal Writers Collective. An active participant in Winnipeg's vibrant arts scene, Vermette has performed her poetry around town for several years, spreading poetry around to whomever will listen. She has a day job as a school teacher and spends a lot of her non-writing life finger-painting and singing happy songs. She is also the mother of two beautiful daughters and human to two crazy looking cats.

Emma Lee Warrior (born 1941) was raised on the Peigan Reserve in Alberta. Her education includes a Bachelor's degree in Education and a Master's degree in English. A particular interest for the Blackfoot language made her study linguistics at the University of Calgary. Furthermore, she worked for the Blackfoot Reserve in Alberta and developed curricula in Blackfoot. During her long career as an author and poet, she published texts in such established anthologies as *Harper's Anthology of 20th Century Native American Poetry* and *A Gathering of Spirit: Writing and Art by North American Indian Women* as well as *All My Relations*. Her best-known publication is probably the short story "Compatriots" (1990), a text that gained her the reputation of being one of the most important voices in contemporary Indigenous literature.

Katherena Vermette (geboren 1977) ist Autorin von Poesie und Prosa von Métis-Abstammung. Sie lebt in Winnipeg und ist seit 2004 aktives Mitglied der Aboriginal Writers Collective. Ihre Arbeiten sind in Zeitschriften wie *Prairie Fire and Juice*, und in den Sammlungen *A/Cross Sections* von der Manitoba Writers Guild, *Tales from Mocassin Avenue* von Totem Pole Press und *Bone Memory* von der Aboriginal Writers Collective erschienen. Als aktiver Part von Winnipegs lebendiger Kunstszene hat Vermette ihre Lyrik schon in vielen Teilen der Stadt vorgetragen, um die Lyrik denen zugute kommen zu lassen, die sie hören wollen. Sie arbeitet zurzeit als Lehrerin und verbringt ihre schreibfreie Zeit u.a. mit Fingermalerei und Gesang. Sie ist außerdem die Mutter von zwei schönen Töchtern und Mensch von zwei verrückt aussehenden Katzen.

Emma Lee Warrior (geboren 1941) wuchs im Peigan Reservat in Alberta auf. Ihren Bildungsweg absolvierte sie mit einem Bachelor in Erziehungswissenschaften und einem Master in Englisch. Ihr Interesse an der Sprache der Blackfoot führte dazu, dass sie ein Linguistikstudium an der Universität von Calgary begann. Weiterhin war sie Angestellte des Blackfoot Reservates in Alberta und entwickelte Lehrpläne in Blackfoot. Während ihrer langen Karriere als Autorin und Dichterin veröffentlichte sie Texte in anerkannten Anthologien wie der *Harper's Anthology of 20th Century Native American Poetry* und *A Gathering of Spirit: Writing and Art by North American Indian Women* sowie *All My Relations*. Der bekannteste Text, den sie veröffentlichte, ist vermutlich die Kurzgeschichte „Compatriots" (1990), ein Text, der ihr den Ruf einbrachte, eine der wichtigsten Stimmen der zeitgenössischen indigenen Literatur zu sein.

Hartmut Lutz u. a. (Hrsg.)

Abraham Ulrikab im Zoo – Tagebuch eines Inuk 1880/1881

ISBN 978-3-926308-10-8

Im August 1880 lockte der norwegische Kapitän, Handelsagent und Impresario Johan Adrian Jacobsen im Auftrag des Hamburger Tierhändlers Carl Hagenbeck acht Inuit von Labrador nach Europa.
Fünf von ihnen waren getaufte Christen aus der Herrnhuter Kolonie Hebron, die anderen drei „Heiden" aus dem Norden der Halbinsel.
Sie wurden in einer so genannten „Völkerschau" in Zoologischen Gärten als „lebende Exponate" zur Schau gestellt.
Ihre Reise führte von Hamburg nach Berlin, Prag, Frankfurt, Darmstadt, Krefeld und Paris.
Da man versäumt hatte, sie zu impfen, starben sie nacheinander innerhalb von fünf Monaten unter unvorstellbaren seelischen und körperlichen Schmerzen an den Pocken.
Abraham Ulrikab, der Anführer der achtköpfigen Inuitgruppe konnte lesen und schreiben, spielte Violine und zeichnete. Er schrieb ein bemerkenswertes Tagebuch über die Erlebnisse und Empfindungen während der Reise, angefangen in Hamburg bis kurz vor seinem Tode – die bislang früheste kanadische Inuit-Autobiografie. Ins Deutsche übersetzt wurde die bewegende Darstellung seiner leidvollen Geschichte von Bruder Kretschmer, einem Missionar der Herrnhuter Brüdergemeine.
Das Buch ist gegliedert in einen dokumentarischen Textteil (Original-Tagebuchauszüge der Übersetzung des Bruder Kretschmer, Transkription des gesamten Tagebuchtextes, Auszüge aus damaligen Tageszeitungen, Fotografien der Inuit sowie Briefe von Missionaren)
Und einen erläuternden und kommentierenden Teil. Neben vielen historischen Fotografien findet man im Anhang Aufnahmen des heutigen Zustands von Hebron, Labrador.

vdL:Verlag

Hans-Ludwig Blohm

Die Stimme der Ureinwohner – der kanadische Norden und Alaska

ISBN 978-3-926308-07-8

Dieses Buch ist die Erfüllung eines Traumes, eine Liebeserklärung an den hohen Norden des amerikanischen Kontinents und seine Menschen, mehr als ein Abenteuerbericht, eine Dokumentation in Bild und Wort, ein Brückenschlag von den Ureinwohnern im einsamen Norden zur weißen Gesellschaft.
Textbeiträge von führenden Persönlichkeiten der Inuit und der nördlichen Indianer, darunter Politiker, Wirtschaftsführer, Lehrer, Dichter, Journalisten sowie historische Fotoaufnahmen runden den berauschenden Eindruck von 127 meist ganzseitigen Farbfotografien auf eindrucksvolle Weise ab.
Die Essays, Reiseberichte, Interviews und Gedichte sind offene, ehrliche und ausführliche Portraits der Menschen und ihrer Lebensumstände. Hier wird nicht versucht, die Härten und widrigen Verhältnisse, welche das Leben unter extrem schnell wechselnden Bedingungen bestimmen, zu verbergen oder zu beschönigen. Auch die Versäumnisse und Fehler, die im Laufe der beiden letzten Jahrhunderte gemacht wurden, bleiben nicht außer Acht.
Ein faszinierendes Buch, das den Leser begeistern wird.